LA PUDEUR DES SENTIMENTS

Dalila Heuse

La pudeur des sentiments

roman

MAZARINE

Couverture :
Conception graphique : N. W.
Photographie : © Dalila Heuse, coll. Particulière.

Titres cités :
« La Larme d'un volcan » in *Rendez-vous With*, Julien Clerc,
© Tinder Records/Virgin France ;
« Un beau roman (une belle histoire) »,
Michel Fugain, auteur : Pierre Delanoë
© Universal Music Publishing Group.

ISBN : 9782863744321

Mazarine/Librairie Arthème Fayard, 2016.
Dépôt légal : juin 2016.

À Alain, à mes enfants,
à mes frères et mes sœurs.

Pour Maman.

« Le meilleur moyen de protéger nos enfants est de changer le monde dans lequel ils vivent. »

Elie Wiesel.

Louis

Février 2007, dans une petite ville de Belgique.

Il y a des jours où l'ordre et le chaos se disputent votre espace vital comme deux ennemis un territoire. Ce matin, en quittant le centre de tri, Martin comprit à la légèreté de sa sacoche qu'il aurait très vite effectué sa tournée. Peut-être même la dernière, s'était-il soudain inquiété. À cette idée tout s'était désorganisé dans son cerveau. Ou, plus exactement, tout s'était organisé autour d'un scénario catastrophe. « Avec Internet, les hommes n'écrivent plus. Si cela continue, tu seras bientôt chômeur, mon gars, comme tous ces malheureux ! Qui, de nos jours, se préoccupe encore de l'avenir d'un facteur ? Je vous l'demande ? » maugréait-il en se dirigeant vers la maison de Louis Hanotte. Le plus douloureux dans ce navrant constat était peut-être l'indifférence des autres à l'égard de sa détresse.

Toujours perdu dans ses idées, il tend un colis à l'homme, à peine éveillé et au regard vide, planté devant lui. Bizarrement, Martin se surprend à sacrifier sa tristesse à celle de Louis, pour qui il ne nourrit pourtant aucune affection particulière. Il mesure aussi l'étroitesse de sa douleur face à la maladie du pauvre homme et lui adresse un sourire compatissant.

« J'espère que ce n'est pas encore une mauvaise nouvelle, murmure Louis. Les temps sont plutôt difficiles pour moi actuellement.

– Non, ne craignez rien, monsieur, un simple colis. Peut-être avez-vous gagné le gros lot ? Allez savoir !

– Si c'était vrai, Martin ! Un peu de bonheur dans cette misérable vie !

– Comment allez-vous aujourd'hui, monsieur Hanotte ?

– Cela peut aller. C'est le moral qui est mauvais. Ce doute, toujours ce fichu doute ! Ça vous ronge les entrailles, tout ça.

– Comme vous dites, avec cette saloperie de maladie, on est rarement rassuré. Mais gardez espoir, rien n'est jamais perdu dans la vie. Et puis, la médecine a fait d'énormes progrès, vous savez !

– Merci Martin, j'apprécie votre gentillesse. Vraiment. »

Être courtois est bien la moindre des choses, pense ce dernier. Il n'est pas sans savoir que le pauvre homme se bat contre son amnésie depuis quinze ans. Malgré un diagnostic rassurant – son état est stable, tous les espoirs sont permis –, Louis est pétri de peur : il souffre de schizonévrose et de dépression nerveuse permanente. Longtemps, l'artiste avait trouvé dans sa passion pour la peinture un soulagement à de lancinantes migraines et aux angoisses qui l'oppressaient ; à présent, les médicaments peuvent à peine atténuer leurs effets.

Plutôt discret, sans le moindre relief, ce septuagénaire amnésique possède cependant l'étrange pouvoir de s'emparer des ombres, de la lumière, des parfums aigres-doux de la vie qu'il fige sur ses toiles où s'exprime sa douleur et, par beau temps, quelques doux sentiments.

Vers dix heures, Louis balaie du regard la pile de courrier déposée sur la table et s'arrête sur le colis lui étant adressé. *Envoi recommandé : À l'attention exclusive de monsieur Louis Hanotte.*

D'un geste machinal, il le saisit, le soupèse, cherche le nom de l'expéditeur. Rien, *nada*, aucun indice. Il étudie alors sa forme, rectangulaire, d'une épaisseur de sept ou huit centimètres, puis, intrigué, arrache l'emballage. Un livre enrobé d'un film transparent s'échappe de ses mains noueuses et tombe sur la table à laquelle il est accoudé :

Roman autobiographique :
« La vie de Doriane Hector »

Ce doit être une erreur. La seule lecture qui l'intéresse concerne la peinture à l'huile. Alors, un roman ! Il le repose sur la table, se rend à la salle de bain, effectue sa toilette, vaque à ses occupations matinales, mais, intrigué, revient vers l'ouvrage. Il ôte alors délicatement le cellophane qui le protège, hume le livre comme on respire le parfum d'une femme et, dans un sourire moqueur, le place sur la pile de prospectus publicitaires destinés à être brûlés.

Léa

Même jour, fin d'après-midi.

Diriger une entreprise apportait une réponse à mes efforts de tous les jours : j'avais atteint un statut professionnel faisant de moi une personne respectable et respectée. Étrange… Même si j'en avais rêvé, jamais je n'aurais imaginé une telle ascension. D'apparence quelconque, ni grande, ni belle, ni branchée, ni bardée de diplômes, je ne ressemble pourtant en rien à ces directeurs *new look* des années 2000, qui débarquaient sur le marché : longilignes, musclés, bronzés toute l'année, au sourire « Ultra Brite » aussi artificiel que leur personnalité. Ils assaillaient le monde des affaires avec arrogance et avaient la prétention de détrôner les dinosaures ayant tracé devant eux une voie royale vers leur propre succès.

L'argent était le pouvoir. Pas de doute ! Ces bellâtres symbolisent une société élitiste et superficielle dont les seules valeurs sont : objectifs, profits, rentabilité, chiffres et bilans d'exercice. Moi, je me demandais souvent ce que faisais-je là.

Lui, je le connaissais pour l'avoir côtoyé dans la société que j'avais quittée pour prendre la direction de notre entreprise et n'avais donc aucune raison de me méfier. Son sourire d'ange et sa façon de soutenir mon regard de ses prunelles bleues me plurent d'emblée. Rien de plus normal, il avait dû apprendre ce jeu de séduction dans un cours de vente intelligemment distillé. Car en la matière, comme en training et autres formations spécifiques, il était bien loti, le bougre. La grosse société américaine qu'il désirait quitter pour entrer chez nous était réputée pour former de jeunes loups aux dents aussi longues que la liste des défauts dont elles avaient besoin pour assurer leur croissance !

Il possédait donc toutes les qualités requises pour le poste que nous proposions. Je l'engageai, persuadée qu'il poserait honnêtement sa pierre à l'édifice que j'étais en train de construire.

Mais, dès son entrée en fonction, il me montra de quoi il était capable. Cet homme, visiblement, refusait mon autorité de femme. Sous des airs de faux doux dormait un requin féroce, avide de réussite et de pouvoir : le mien, qu'il convoitait du haut de son petit mètre soixante-dix posé sur talonnettes. Je compris assez vite qu'il allait me donner pas mal de fil à retordre. Certes, il était excellent vendeur, mais, dans son projet d'usurper mon poste de direction, il n'hésita pas à court-circuiter mon travail et à me diffamer auprès de mes supérieurs. Subodorant qu'il complotait dans mon dos, je demandai un entretien avec eux afin de définir exactement mon rôle et mon autorité sur cet employé quelque peu récalcitrant et pris la route pour la Bretagne, où se trouvait le centre de direction. La tournure que prirent les événements fut loin de démentir les soupçons (énormes) que j'avais en ce qui concernait ma nouvelle recrue. Sur le banc des accusés dès mon entrée dans la salle de réunion, je compris que le vent avait tourné, que la confiance dont je bénéficiais avait filé et qu'il faudrait maintenant me battre pour justifier ma place à la tête de la filiale où j'avais été nommée.

En sortant de la réunion, je m'installais au volant avec une seule idée en tête : rentrer chez moi. Mais distraite par toutes ces pensées, je ne vis pas le virage en dévers : le choc avec la berme centrale fut d'une telle violence que mon corps ne fut récupéré par les ambulanciers qu'après plus de quarante-cinq minutes de travail minutieux de désincarcération au chalumeau. Les étincelles dessinaient dans le ciel noir de février un feu d'artifice joyeux, ce qui apaisa, pour quelques secondes, la peur qui m'avait envahie.

Sur la route, les aboiements d'un chien égaré font écho aux hurlements stridents de l'ambulance dans sa course effrénée vers la ville de Chartres. Mon état est jugé critique. Je m'enfonce dans un coma profond et, tandis que le véhicule file à tombeau ouvert vers l'hôpital, mon cœur donne des signes de fatigue.

Quelques heures plus tard, je lutte pour prolonger mon destin dans le service de réanimation du centre hospitalier où vient d'arriver mon mari. Un médecin entre dans la pièce. Avec le ton onctueux que nous utilisons tous lorsque nous devons apprendre une mauvaise nouvelle à quelqu'un de cher, il s'adresse à Alexandre, effondré.

« Bonjour, monsieur. Madame est votre épouse ?

– Oui, docteur. Elle s'appelle Léa. »

Le praticien ne le ménage pas, il poursuit.

« Je suis vraiment désolé, monsieur, mais je suis obligé de vous dire que l'état de votre femme est très préoccupant. Pour l'instant, nous ne pouvons nous prononcer. Cependant, croyez bien que nous allons faire le maximum pour la sauver. Elle a perdu énormément de sang et son pouls est fort faible. Cela dit, elle se bat comme une lionne, et ça, c'est très important. Je sais que l'instant est délicat, mais je suis obligé de vous le demander. Si le pire advenait, aviez-vous déjà parlé de dons d'organes avec votre épouse ? »

La question tombe comme un couperet. Désappointé, Alexandre l'élude comme il peut.

« Pardonnez-moi, docteur, je ne comprends pas. Nous avons quatre enfants, nous formons une belle famille… Je ne sais quoi vous répondre pour l'instant. De toute façon, ma femme est une battante, jamais elle n'abandonnera la partie. Jamais.

– Je comprends, il n'y a pas de problème. Nous en reparlerons plus tard. Ne vous inquiétez pas, il n'y a pas d'urgence. » Intérieurement, je remercie Alexandre de préserver mon corps. Je sais que j'en aurai encore besoin : il est hors de question de laisser tomber.

Alexandre

Alexandre ne veut pas me perdre, il ne peut pas. Soudain abattu, il se laisse assaillir par les souvenirs. Le suicide de son père, trente ans plus tôt, lui revient en mémoire dans une souffrance accrue.

« Alexandre, il faut que tu sois courageux. Je viens de découvrir ton père… mort dans sa chambre à coucher. Il s'est suicidé avec son fusil de chasse. Une balle en plein cœur. Non, il n'a pas souffert, je t'assure. »

Le médecin de famille, et ami, venait de franchir la porte du magasin où attendait un huissier depuis le matin afin de saisir notre commerce. Les choses tournaient vraiment mal. « Le bonheur, c'est toujours pour demain ! » chantait Pierre Perret, qu'Alexandre écoutait régulièrement sur notre chaîne hi-fi déglinguée.

Il avait raison.

À mon chevet, Alexandre revit l'incinération. Si je fus un soutien pour mon mari, il le fut également pour moi. Durant la cérémonie, je n'osais regarder le cercueil avancer vers le brasier qui allait le consumer. Je restais clouée sur mon siège, alors que l'assemblée devait se lever pour sortir de la pièce funéraire. Alexandre m'avait aidée. Et j'avais compris, à la force qu'il avait déployée pour me soulever de ma chaise, qu'il serait toujours là. Un pilier. Même dans la peine, il gardait cette force qui faisait de lui cet être puissant et merveilleux que la vie m'avait offert de rencontrer, d'aimer. Je souffrais de le voir si malheureux, mais c'était lui qui me portait. Nous étions deux, soudés et solidaires face à l'adversité.

La vie nous a un peu usés, il faut bien le reconnaître. Aujourd'hui, son bonheur dépend de ma capacité à l'aimer alors que le mien dépend également de ma capacité à l'aimer.

Dans ma chambre d'hôpital, chaviré de douleur, il cherche mon sourire. Il mesure alors l'ampleur de ce vertigineux vide qui l'aspire lentement vers le manque de nous.

Marie

Impuissante, Marie observe sa fille Léa endormie. Sa souffrance n'a d'égale que celle de cette terrible solitude face à la tragédie qui se joue sous ses yeux, et pour laquelle elle ne peut rien. Attentive au moindre signe, elle épie un clignement de cils, le plus petit mouvement de lèvre, tout geste qui lui permettrait d'espérer. La douleur de son beau-fils la transperce et, assise sur le bord du lit, elle prie. Elle sait que rien, désormais, ne pourra la détacher de cette mission qu'elle s'est fixée : ramener sa fille à la vie, coûte que coûte. Elle doit lui parler. La mort ne peut lui ôter ce privilège. Léa doit savoir.

Seule la pâleur transparente du visage de Marie trahit son état de faiblesse. Mais il lui reste la force du cœur, cette force qui fit d'elle une mère attentionnée et aimante, qui savait donner sans compter et qui tirait de la vie joie et bonheur, malgré les mauvais coups que cette sournoise lui avait réservés. Épuisée, elle profite de l'arrivée des médecins pour s'éclipser dans un coin de la pièce et, lentement gagnée par la fatigue, s'enfonce dans le sommeil, soulagée. Elle a pris une décision : désormais, elle va passer beaucoup plus de temps avec sa fille.

Louis

Au même instant, dans son salon, Louis Hanotte, silencieux et perplexe, pénètre contre toute attente dans le passé de la mystérieuse « Doriane Hector ».

Doriane H

Je naquis « sans complication » un jour d'hiver 1956, deuxième d'une fratrie qui se composera plus tard de huit enfants : quatre filles et quatre garçons.

Mado, notre mère, avait à peine vingt ans et un enthousiasme prompt à tout déplacer : les meubles, les lits, les tables ; c'était son dada. Dès qu'elle en avait l'occasion, elle déménageait tout dans la maison, ce qui lui donnait à chaque fois l'impression d'investir un nouvel univers. Possédant la force et l'énergie d'une jeune lionne, elle était avide de bonheur, de plaisir, de rires et, surtout, d'amour. Ses armes les plus efficaces étaient son insouciance et le regard pétillant qu'elle posait sur le monde. De grands yeux bleus rieurs éclairaient un sourire ravageur, un petit nez fin et une bouche pulpeuse s'harmonisaient parfaitement avec l'ovale de son visage enfantin. Mais ce qui m'impressionnait le plus chez ma mère, c'étaient ses ongles : longs, fins et toujours fraîchement manucurés. Après réflexion, avec la masse de travail qu'elle abattait au cours d'une journée, je me demande encore aujourd'hui comment elle faisait. Ma mère était de ces belles personnes qui vous communiquaient leur joie de vivre et leur bonne humeur par le simple sourire qu'elles vous adressaient.

Capable d'une tendresse infinie, elle m'enveloppa tout de suite de sa chaleur, m'embrassa tendrement – son cœur battant pour moi au rythme de l'amour qu'elle me prodiguait déjà – et me parla. Elle m'apaisa de sa voix douce et mélodieuse qui d'un seul souffle me rassura. Je ressentis son optimisme au travers des mots qu'elle me susurrait à l'oreille : beaux, tendres, merveilleux.

Nous étions le vendredi 28 décembre 1956, fête des Innocents. C'était ma chance. Ne dit-on pas : « Aux innocents les mains pleines » ? J'ignorais alors quel sort avait été réservé aux innocents de cette nuit si tragique.

À 19 h 30, je poussais mon premier cri alors qu'un train déposait Lucien, mon père, sur le quai de la petite gare située à cinq minutes à pied de notre maison. Lorsqu'il poussa la porte, il comprit aussitôt que l'heureux événement se déroulait précisément sous notre toit.

« C'est une fille ! » lui cria sa mère.

Fou de joie, il courut vers Maman, qui avait retrouvé son sourire légendaire. Il s'agenouilla devant elle, la remercia, la félicita, l'embrassa, sincèrement ému. Il était heureux, ils l'étaient tous deux. Je présageais des jours merveilleux, ils en avaient la certitude. Il me prit dans ses bras, fier comme s'il eût possédé la terre entière, et me déposa sur le front mon tout premier baiser paternel. J'étais, à ses yeux, le plus beau bébé du monde.

Cet homme de taille moyenne, cheveux bruns coupés court, aux yeux vert émeraude et à l'air de jeune premier, me plut directement. L'uniforme bleu de l'aviation nationale affermissait cet air d'aventurier de bandes dessinées qui faisait tout son charme et lui donnait vraiment fière allure. Il était magnifique.

« Et comment va s'appeler ce joli bébé ? demanda le docteur Bienfait.

– Dorane, elle s'appellera Dorane ! » répondirent en chœur mes parents.

C'est ainsi que j'ouvris les yeux sur la vie, sur ma vie, et le spectacle était pour le moins fantastique.

Trois jours plus tard, après avoir traversé la ville au pas de course, mon père entrait dans la maison communale le cœur battant. L'employé de bureau était un homme peu avenant, aux capacités intellectuelles limitées, fidèle au strict respect du règlement qu'il suivait à la lettre. En proie ce jour-là à un excès de zèle, cet idiot refusa d'accéder à la demande de mon père.

« Je suis désolé, monsieur Hector, Dorane n'est pas repris sur la liste des prénoms autorisés, vous devez en trouver un autre !

– Pardon ! En trouver un autre ? Mais comment diable voulez-vous que je trouve un autre prénom ? C'est inouï ! Et puis, je dois consulter mon épouse, je ne peux prendre une telle décision seul. »

Il était furieux. Comme un lion en cage, il tourna en rond dans la petite salle d'attente devant le guichet « Population ».

« Et Doriane, dit-il soudain à l'homme qui attendait paresseusement derrière sa petite fenêtre en chêne, Doriane, c'est possible ?

– Permettez-moi de vérifier, monsieur », répondit-il d'un air perplexe.

Tout laissait à penser qu'il voulait abuser de son pourvoir, ce qui ne plut décidément pas à mon père.

« Ah oui ! Doriane est sur la liste, il n'y a aucun problème. Si vous le désirez, nous pouvons déclarer votre fille sous ce prénom. »

C'est ainsi, que le 31 décembre 1956, je me trouvai affublée de deux prénoms tout aussi rares l'un que l'autre pour l'époque, Dorane pour les intimes – Maman n'en démordra jamais – et Doriane pour tous les autres. Deux prénoms pour aider une petite fille à assumer une double vie, ou plus exactement à supporter une double vie qu'elle n'avait pas choisie, qu'elle n'avait pas désirée, et de laquelle elle se serait volontiers passée.

Un an plus tard, maman nous offrit un petit frère Laurent, toujours sur la table de cuisine transformée à nouveau pour l'occasion en table d'accouchement. Pierre le suivit quinze mois plus tard, à la maternité de la ville voisine cette fois, où maman resta huit jours loin de nous, huit longs jours loin de moi.

Alexandre

« Il ne faut pas qu'elle lâche maintenant, c'est impossible ! » pense Alexandre en regardant Léa étendue sur son lit d'hôpital.

Doriane

Juillet 1960.

Depuis ma naissance, nous partagions avec nos grands-parents maternels une jolie maison de maître entièrement peinte en blanc, où nous vivions tous heureux. Cette propriété ceinturée d'un grand jardin débordant d'arbustes, de fleurs, d'arbres fruitiers et d'allées de graviers, possédait en son centre une énorme pelouse dont l'herbe était, à mon avis, plus verte que celle de nos voisins. Bref, et toujours au travers de mes yeux d'enfant, la plus jolie de toute la rue.

Passionné par l'horlogerie et sa complexité, notre père en connaissait parfaitement les rouages. Il rafistolait pour des amis ou collègues des montres et des réveils afin d'arrondir les fins de mois, réparations qui exigeaient de lui une grande concentration. Afin d'obtenir le calme nécessaire à ce travail de précision, il n'hésitait pas à nous punir souvent, dès que nous nous agitions un peu trop dans la maison. Capable de colère envers nous et maman, qui pourtant faisait de son mieux pour nous calmer et nous maîtriser dans nos jeux d'enfants, il nous faisait peur. Avec mes frères, nous ne comprenions pas, à dire vrai, le couple que formaient nos parents. Comment deux êtres aussi différents pouvaient-ils partager le même avenir et surtout les mêmes rêves ?

Modeste et soumise à l'intelligence des autres, Maman n'avait pas aimé l'école et ne ratait jamais une occasion de nous le rappeler. Coiffeuse de formation, ses grossesses répétées l'avaient écartée du monde du travail et elle se consacrait à présent entièrement à notre éducation. Elle aimait beaucoup cela, et nous aussi. À l'inverse, notre père, derrière une placide arrogance envers les autres, qu'il considérait comme inférieurs, posait un regard froid et critique sur le monde qui l'entourait.

Nous évoluions entre ces deux univers aux antipodes l'un de l'autre, recevant de chacun des leçons de vie utiles à nos épanouissements, bercés par les regards doux et prévenants de maman, souvent réprouvés par ceux plus autoritaires et profonds de notre père. À l'écoute de deux pensées complémentaires (elle était croyante, alors que lui était profondément athée), nous jouissions d'un syncrétisme spirituel et éducatif qui nous offrait l'apprentissage de valeurs distinctes, nous obligeant à un discernement et un jugement sur les valeurs importantes de la vie. Nous grandissions, ancrant fermement nos racines dans un sol riche et prometteur d'un avenir solide et rassurant.

Marie

Les médecins sont maintenant réunis en salle de colloque et débattent du sort de sa fille. Marie refuse catégoriquement qu'on lui prélève le moindre organe, car elle est convaincue que Léa sortira de ce terrible coma qui la cloue tel un légume sur son lit de réanimation. Décision est donc prise de la transférer de toute urgence à l'hôpital de la Pitié-Salpêtrière, à Paris, où elle sera mieux prise en charge qu'ils ne pourraient le faire dans cet hôpital de banlieue. Les médecins ignorent pourquoi, mais un miracle maintient intactes les fonctions vitales de leur patiente.

Léa

Pour ma part, je lutte avec la mort. Les médecins ne m'accordent plus qu'une toute petite chance de survivre à mes blessures, et ce bras de fer engagé avec l'au-delà est maintenant le seul espoir qu'il reste à mon mari. Il me connaît, il sait que je peux gagner cette bataille. Uniquement reliée à la vie par quelques tuyaux eux-mêmes raccordés à des machines, je me bas et, contrairement au personnel médical, Alexandre a confiance en mes capacités à résister, à encaisser. Mon état demeure stable ; c'est un signe, se dit-il. Je lui avais tant de fois répété, quand nous avions de gros ennuis : « Tant qu'il y a de la vie, il y a de l'espoir ! », qu'il sait que je ne lâcherai pas prise. Pas si vite.

Il me tient la main et pleure seul sur le fauteuil en cuir rouge qu'une infirmière compatissante vient de lui apporter.

Louis

La vie d'un inconnu, si sympathique soit-il, n'a jamais suscité son intérêt. Pourtant, cette famille anonyme suspend son temps. Sans savoir ce qui le pousse à un tel comportement, il éteint le poste de télévision et reprend la lecture : il veut comprendre pourquoi ce livre lui a été envoyé, à lui qui lit si peu et, surtout, « qui » désire qu'il connaisse cette histoire.

En rentrant de la ville, sa femme Madeleine le trouve assis à la table de son atelier, la tête penchée sur l'énigmatique ouvrage.

« Qu'est-ce que c'est ? lui demande-t-elle, surprise de voir son mari aussi absorbé.

– Je n'en sais strictement rien, c'est ce colis que j'ai reçu ce matin. Un bouquin ! Il m'est bien adressé, mais j'ignore "qui" me l'envoie, et surtout "pourquoi" ! »

Il écarte ses pinceaux, sa palette, déplace le chevalet sur lequel pose, arrogante et fière, sa dernière toile toujours inachevée et replonge le nez dans les pages noircies par un auteur dont il n'a jamais entendu parler.

Il est maintenant complètement captivé par la lecture. Le récit de cette petite fille l'intrigue. Il trouve cette jeune maman assez sympathique. Insouciante et légère, amoureuse de la vie et de son mari comme le serait une adolescente, elle lui plaît. Mieux, elle le fascine et il se surprend à la comparer à sa propre épouse, Madeleine. Finalement, il avait choisir de régulariser sa situation avec cette femme par un mariage au bout de quinze années de vie commune pour les protéger, elle et sa belle-fille Sandra, quand il avait appris qu'il était atteint de ce mal incurable. S'il voulait leur épargner les frais de succession, notamment sur ses toiles qui se vendaient assez bien, il désirait surtout assurer une pension de veuve à la mère de sa fille adoptive qu'il aimait plus que tout.

Sa curiosité est piquée et le pousse à glaner quelques informations auprès de sa femme. Peut-être sait-elle qui est cette petite fille ? Cette histoire le dépasse et il aimerait comprendre au plus vite. Cela vire à l'obsession.

Malheureusement, il n'a pas le temps de lui poser la question que Madeleine referme la porte de leur maison derrière elle. Un rendez-vous chez le coiffeur. Il l'avait oublié, celui-là. La mémoire lui fait tellement défaut et cela l'agace au plus haut point. Il se retrouve seul dans le corridor. Quoiqu'un peu désemparé, il se dirige vers son vieux fauteuil défoncé par le temps, s'installe confortablement, attrape ses lunettes, les pose sur le bout de son nez que cette maladie émacie chaque jour davantage et reprend la lecture de l'autobiographie de Doriane Hector.

Doriane

Maman, notre lumière, rayonnait sur la famille comme un soleil de plein été. Aimante, elle réchauffait nos cœurs d'enfants, consolait nos chagrins de cour de récré et nos peines de bambins en bas âge. Peu instruite, elle possédait cependant un talent fou pour l'éducation de ses petits. Elle avait choisi de donner la vie par amour de la vie et nous le transmettait au travers des jeux, des rires, des chansons et des câlins qu'elle nous prodiguait sans relâche, toujours prête à nous prouver à quel point elle était heureuse de nous avoir. Bienveillante et généreuse, elle nous aimait de l'amour le plus entier et le plus pur qui soit : l'amour maternel.

Mon père, lui, incarnait le rôle ingrat : celui de l'autorité. Il faut avouer qu'il remplissait son devoir à merveille, au point que l'on se demandait parfois s'il ne prenait pas quelque malin plaisir à nous punir et à nous frapper sous des prétextes – indiscipline ou manque de respect – qui nous paraissaient souvent insignifiants et ne justifiant pas la correction qu'il venait de nous infliger. Depuis quelque temps, nous trouvions que sa présence troublait la douce harmonie du cocon familial que nous avions tissé sans lui : avec juste notre mère, notre grand-mère et nous. Un gynécée qui nous comblait parfaitement. Nous pensions plus souvent aux jeux qu'à l'école et maman répondait mieux que notre père à nos besoins ludiques. Il régnait en son absence une ambiance polissonne et magique, emplie du parfum de ma mère et de ses extravagances enfantines. Nous aimions cependant beaucoup notre père, conscients qu'il n'avait pas le meilleur rôle et pensions, comme il nous le disait souvent, qu'il agissait pour notre bien.

J'avais, pour ma part, davantage d'affection pour la sœur de maman, que nous appelions Tati, que pour ma grand-mère Agnès, pourtant ma marraine. Si maman avait choisi de donner la vie par amour de la vie, il en était de même pour Tati, qui avait deux magnifiques enfants : mon cousin Julien, un peu turbulent mais très souriant, et ma cousine Cécile, petite fille modèle par excellence, à l'humeur radieuse, et, dans mon souvenir, qui riait aux éclats chaque fois que la radio diffusait « Le Petit Chien dans la vitrine » de Line Renaud.

Ma tante les éduquait et les soignait avec la plus grande attention. Elle les observait de très près, guettait les moindres petites anomalies qui auraient pu troubler leur épanouissement ou leur croissance. En fait, elle les aimait plus que tout.

« Mado, tu ne trouves pas que Cécile incline toujours la tête du même côté ? demanda un jour Françoise à maman.

– Mais non, tu te fais des idées ; elle doit avoir un petit torticolis, c'est tout !

– Non, je t'assure, ça fait plusieurs jours qu'elle penche la tête sur son épaule gauche. Je pense que je devrais aller voir le médecin.

– Écoute, si tu trouves que ce n'est pas normal, vas-y, prends rendez-vous, mais je suis certaine que tout va bien !

– Tu sais, Mado, elle est si parfaite, j'ai toujours peur de la perdre.

– Mais tais-toi, Françoise, ne dis pas ça, c'est ridicule !

– Elle est trop belle, tu verras, je ne la garderai pas.

– Allons, tais-toi, s'il te plaît. »

Maman sentit un frisson lui parcourir la colonne vertébrale. Les dires de sa sœur la glacèrent étrangement jusqu'au sang, sans qu'elle sût vraiment pourquoi.

Ça sent les choses, une maman.

Louis

Un drôle de pressentiment l'envahit. Et si cette famille ne lui était pas étrangère ? S'il avait connu ces gens ? Il a beau se concentrer, se torturer l'esprit et la mémoire, il ne sait pas. Peut-être Lucien, un ancien collègue de travail, ou un ami ? En entendant la porte d'entrée de la maison s'ouvrir sur sa femme, il ressent un léger soulagement. Elle, sans aucun doute, pourra l'aider. Il descend la volée de marches qui le sépare du hall et la questionne d'emblée, avant même qu'elle ait eu le temps d'ôter son manteau. Celle-ci, quelque peu surprise par l'attitude de son mari, fait un pas en arrière et le toise du regard :

« Bon Dieu, Louis, qu'as-tu aujourd'hui ? Tu es si nerveux...

– C'est ce bouquin, je me demande pourquoi il a atterri chez nous. Est-ce que tu connais, toi, un "Hector" qui aurait habité la ville il y a une quarantaine d'années ?

– Non, pas du tout ! Pourquoi ? Qu'ont-ils fait de tellement intéressant, ces gens, pour que tu sois dans un tel état ?

– Rien de spécial ; c'est l'autobiographie d'une petite fille très ordinaire. Je suis étonné, c'est tout !

– Toi qui ne lis jamais, voilà que tu t'intéresses aux autres maintenant. C'est nouveau, ça !

– Oui, c'est nouveau » répondit-il, agacé.

Léa

Je dors paisiblement. Les médecins sont malheureusement très pessimistes. Alexandre ne peut envisager la mort de celle qui lui a tenu la main depuis plus de trente ans. À chaque coup dur à ses côtés, je l'avais toujours soutenu et épaulé sans m'économiser. Son chagrin est à peine supportable. Je sens bien que, aujourd'hui, malgré la présence de nos merveilleux enfants, il lui serait difficile de vivre sans moi.

Doriane

Le 1er septembre 1961, notre propriétaire planta un panneau « À VENDRE » sur le seuil de notre maison. Maman nous expliqua alors que nous allions déménager dans une autre beaucoup plus petite, mais que nous ne devions pas être tristes, car cela ne serait que temporaire. Nous quitterons donc cet endroit idyllique pour une modeste demeure : seulement deux façades, moins d'arbres, moins de fleurs, moins de jardin et, surtout, moins de bonheur à venir.

À cette époque, j'ai cinq ans, les cheveux coupés court à la garçonne, souriante, plutôt mignonne. Un regard vert tendre et franc m'assure une petite emprise sur le monde qui m'entoure. Ma curiosité n'a pour limites que celles que m'impose mon jeune âge. Je rencontre un joli succès auprès des adultes, qui n'hésitent jamais à me dire que je suis jolie ou malicieuse. Bien sûr, j'ignore ce que « malicieuse » signifie, mais je prends cela pour un compliment – qui me rassure sur mon charme et mes capacités à l'utiliser. Souvent, le regard que mes parents posent sur ma petite personne renforce mon assurance déjà surdimensionnée. Cela a pour effet, à juste titre, d'énerver fortement mes frères. La jalousie engendrée par la préférence que mon père me témoigne explique amplement les efforts qu'ils font, avec la maladresse d'enfants en bas âge, pour attirer son attention : beaucoup de pirouettes, beaucoup de bricolages, beaucoup d'emprunts d'outils et de matériel précieux, chapardés à son insu dans son atelier, bref, beaucoup de bêtises pour se faire aimer.

Mais le résultat ne correspond jamais à celui qu'ils ont escompté. Notre père a fabriqué un martinet constitué d'un manche de bois au bout duquel il a fixé des lanières de cuir nouées aux extrémités afin de le rendre plus « efficace ». Cet objet symbolise à nos yeux l'autorité à laquelle nous devons nous soumettre, nous assujettir. En ce qui me concerne, épargnée par ses sentences trop violentes, la vie me sourit ; l'avenir me sourit ; je suis heureuse, extraordinairement heureuse. Entièrement sous l'emprise de ce bonheur naïf et parfait que seule peut nous offrir la petite enfance.

Nous représentions « la » réussite de ma mère, le sens de sa vie. Elle ne pouvait s'empêcher de nous dire que nous étions les plus beaux enfants du monde, les plus gentils, les plus intelligents.

Désabusé, sensible aux difficultés qui nous guettaient et aux privations auxquelles il était régulièrement astreint, notre père, lui, changeait, devenait colérique. Maman apprenait à souffrir, silencieuse, et à se résigner : son enthousiasme s'avérait une réponse plutôt maigre face à l'adversité sournoise et venimeuse qui s'infiltrait tel un poison dans sa vie. Garder le sourire à tout prix, s'efforcer de pointer uniquement les bons moments est possible, sans aucun doute, mais, pour cela, il faut une bonne raison. Nous l'étions.

J'ai vu ma mère rire au travers des pleurs qu'elle tentait de cacher. Malgré mon jeune âge, je dus me construire une carapace pour ne pas souffrir des échos lancinants de ses peines. Pour une larme qu'elle versait, j'en essuyais dix sur mes joues ; pour un sanglot qui la secouait, j'en apaisais le double dans mon thorax affolé. Mon amour pour elle grandissait au rythme des souffrances mêlées aux sourires et aux rires qu'elle continuait de nous prodiguer, simplement pour nous protéger du désespoir qui envahissait lentement son bonheur, notre bonheur. J'avais cependant décidé de distinguer mes souvenirs comme on sépare la crème du lait, épurant ainsi ma vie, n'en retenant que le meilleur.

Un jour, nous étions tous à table et dégustions avec beaucoup de plaisir les spaghettis que maman avait préparés. La sauce bolognaise avait mijoté plusieurs heures et son parfum avait excité nos esprits autant que nos papilles ; nous savions que maman faisait les meilleurs du monde.

« Quel vin as-tu mis dans la sauce, Mado ? lui demanda mon père.

– Du vin blanc. Pourquoi ?

– Elle ne goûte rien, ta sauce, elle est dégueulasse ! »

Sans un mot de plus, notre père décocha une violente gifle à maman, qui bascula sur le sol.

Ce fut la stupéfaction. Un silence de plomb écrasa la tablée, nous empêchant tous de respirer.

Maman sortit en larmes, tenant sa joue entre ses fins doigts, et alla se réfugier dans les toilettes, seule pièce qui fermait à clé dans notre maison. D'un regard, notre père nous immobilisa sur nos chaises : interdiction de bouger, de parler, et même, de pleurer.

Il venait pourtant de toucher à ce que nous avions de plus précieux : notre maman. En l'entendant sangloter, notre cœur saignait, nos tempes bourdonnaient sous la pression du flux sanguin. La peur nous paralysait sur nos sièges. Je la sentais battre à plein dans ma poitrine.

Comment avait-il osé, lui, notre protecteur, frapper ainsi notre mère devant nous, ses propres enfants ? Cela dépassait tout ce que nous pouvions supporter. Bravant l'interdiction qu'il nous avait imposée, nous nous engouffrâmes tous les quatre dans le petit corridor et allâmes tambouriner à la porte des toilettes. Nous voulions nous assurer que maman allait bien, qu'elle était vivante, pour nous jeter dans ses bras, la soutenir dans la peine, mais, surtout, pour qu'elle nous consolât.

Nous restâmes un long moment collés les uns aux autres, agglutinés contre son corps brûlant de chagrin, tremblants et malheureux, ignorant encore que c'était le début d'une autre vie, différente. Une peur physique commença alors à me gagner pour ne plus jamais me quitter.

« Ce n'est rien, les enfants, tout va bien, je n'ai rien senti ! » lança-t-elle.

Nous savions que c'était faux, car nous utilisions le même stratagème quand nous voulions cacher que nous avions mal, par fierté ou par orgueil. Nous voulûmes la croire, malgré tout, pour nous préserver du remords de n'avoir pu la protéger, et aussi afin de nous préserver de la douleur que son chagrin provoquait dans nos cœurs d'enfants.

Assise sur la lunette du cabinet, elle nous apaisa.

Un bloc plus solide que le roc venait de voir le jour : tous solidaires, tous soudés autour de maman.

Le lendemain, la bouchère lui demanda ce qui lui était arrivé au visage :

« Ce n'est rien, madame Michel, un petit accident contre la porte de la cuisine ! »

Ma mère ponctua son mensonge d'un grand sourire rassurant, craignant que la commerçante ne se doutât de quelque chose. Mon frère Laurent, qui avait retenu que nous ne devions jamais mentir, la reprit doucement :

« Mais non maman, tu as oublié, c'est papa qui t'a frappée hier… »

Elle enfonça son beau regard bleu dans le fond de son sac à la recherche d'un billet de cinquante francs et paya : « Excusez le petit, murmura-t-elle, il dit vraiment n'importe quoi ! »

Elle sortit du magasin sans plus oser regarder la brave dame qui nous saluait poliment, visiblement fort embêtée. Mon père avait réussi à la culpabiliser de sa propre violence ; elle se sentait responsable. C'est à cette époque qu'elle commença à protéger son mari. L'amour, la honte et la peur exerçaient sur son jugement un effet pervers, la privant de toute objectivité à l'égard de l'homme de sa vie.

Marie

Elle refuse d'imaginer une issue fatale pour sa fille. Cette éventualité contrarierait ses plans et l'empêcherait de lui dire enfin ce qu'elle a sur le cœur depuis si longtemps. Malgré les apparences, jamais elle n'avait su. Elle devait lui faire connaître son désarroi et le remords qui la ronge. Jamais elle n'a voulu la trahir. Elle aimait ses enfants plus que tout.

Louis

Finalement convaincu qu'il a connu ces gens, il n'arrive pas à rassembler suffisamment de souvenirs pour les situer dans sa propre vie. Cela le perturbe et, dépité, il dépose le livre sur la table du salon. Il dîne avec son épouse, un peu embarrassé de la tenir à l'écart de ce qu'il ressent. Percevant une distance s'installer entre eux, il s'interroge sur la sincérité de ses sentiments. Depuis l'arrivée de cet ouvrage dans leur foyer, quelque chose s'immisce entre lui et son amour : il ignore ce que cela peut être. Lorsqu'il avait rencontré Madeleine, Sandra, sa fille, avait huit ans. N'ayant jamais eu d'enfant, il l'avait d'emblée considérée comme sa propre fille et l'avait soutenue dans tout ce qu'elle avait entrepris. Bref, il l'avait aimée dès leur premier regard échangé.

Louis sourit, réconforté par tous ces souvenirs avec Sandra. Mais, subitement, son visage se ferme. Si seulement la maladie ne l'avait pas happé à son bonheur !

Après un repas silencieux fait de doutes et de questions, il se réinstalle au salon.

Doriane

Quelque temps après notre arrivée dans la nouvelle maison.

Pendant une nuit de cet hiver particulièrement rigoureux, je connus le cauchemar le plus effrayant de ma toute petite vie d'enfant de cinq ans. Un air glacial régnait dans ma chambre à coucher et agissait sur moi tel un puissant somnifère. Recroquevillée sur moi-même en position fœtale afin de ne pas ressentir le froid des draps quand j'éloignais un membre trop loin de mon corps, je dormais paisiblement. Plongée dans un profond sommeil, je ne sentis pas la présence étrangère qui respirait tout bas près de moi. Discrète, elle était là, tapie dans l'ombre, à m'observer dormir. La malchance voulut que la lune soit cachée derrière une épaisse couche de nuages sombres, jetant ainsi la pièce dans une obscurité totale. Seuls les éclairs d'un orage terrifiant transperçaient les rideaux ; une pluie diluvienne collait ses vagues luisantes à ma fenêtre. Dieu devait pleurer des larmes de pluie sur ma douleur à venir. Car c'est à ce moment précis que l'enfer décida de m'aspirer dans son gouffre sans fond. Le bruit du tonnerre faisant diversion, la présence étrangère s'avança vers moi et, avec délicatesse, s'empara lentement de mon corps endormi, qui quitta alors la chaleur des draps et fut doucement transporté vers ailleurs. Dans cet état d'apesanteur, mes bras tombèrent le long de mon corps amorphe et se balancèrent dans le vide comme ceux d'une morte. Tout à coup, je sentis le froid envahir mon être. Tout mon être : j'étais nue. Enfin presque, car j'avais toujours sur moi ma blouse de pyjama jaune imprimée de petits motifs colorés, des petits clowns marrants jouant de la musique. Mais ils étaient tristes à présent, comme moi qui étais terrorisée.

Un morceau de tissu (était-ce un foulard, un mouchoir ?) adroitement posé sur mes yeux m'isolait du monde et me plongeait dans une peur qui étreignait, jusqu'à l'étouffement, ma poitrine d'enfant. Ce chiffon qui comprimait douloureusement mes tempes s'imbiba alors de mes larmes. Le cauchemar ne portait pas de nom. L'intelligence d'une enfant de cet âge ne peut concevoir la puissance d'une telle violence.

Et pourtant.

Mon corps tremblant écrasé par le poids de cette masse mouvante s'écartela et se déchira sous ses œuvres. Comme un oiseau qu'on empale, quelque chose d'inconnu s'empara violemment de ce que je possédais de plus pur, de plus tendre et, avec une brutalité indescriptible, pulvérisa mon âme d'enfant. La terreur tuait peu à peu le raisonnement qui emmenait lentement mon esprit loin de mon corps meurtri. J'étais en enfer. Le temps avait suspendu son vol ; la douleur n'avait pas de fin ; je voulais me dégager ; je voulais qu'on arrête de me faire mal ; je voulais maman.

J'ignore combien de temps cela dura, mais c'était trop long, beaucoup trop long. Ça faisait trop mal. Asphyxiée, exténuée, terrassée par la douleur, je fus ensuite ramenée dans mon petit lit qui avait perdu la chaleur protectrice dont il m'avait toujours entourée jusque-là. J'affichais à peine cinq ans au compteur de ma petite vie et venais de subir les premiers assauts d'un monstre ignoble.

Mon être n'était plus que tremblements. Tout me faisait mal. Des spasmes soulevaient ma poitrine et m'empêchaient de respirer. « Je veux maman, s'il vous plaît. » J'implorai, hurlai de douleur et d'épouvante, puis sombrai inconsciente dans la froideur de mes draps devenus glacials comme la pierre.

En réalité, je ne pense pas que je fus inconsciente, je pense que cette souffrance insupportable ordonna à ma mémoire d'occulter les faits afin de diminuer quelque peu leur violence. Car je venais de vivre une inconcevable, inimaginable, insupportable agression de mon corps d'enfant, ainsi qu'une brutale mise à mort de mon âme de petite fille. Elle emportera avec elle, et à tout jamais, mon enfance heureuse et une grande partie de mon bonheur à venir.

Quelques dizaines de minutes plus tard, ou était-ce une heure, comment savoir, je revins lentement à moi, prostrée, toujours tremblante, et me trouvai miraculeusement dans les bras de mon père. Je pleurais doucement, comme si je désirais que personne ne m'entende.

« Je suis là, ma chérie, n'aie plus peur, j'ai chassé ce monstre, il ne te fera plus jamais de mal, je te le promets, plus jamais ! »

Dieu merci, il était là, mon héros, mon sauveur. J'avais toujours su que je pouvais compter sur lui et il me le prouvait encore en cette nuit d'horreur. S'il s'avérait être très sévère avec mes frères, il me manifestait souvent beaucoup plus de tendresse, sans doute parce que j'étais une fille. Je l'aimais et, surtout, j'étais terriblement fière de lui. Il savait tout faire, même réaliser des meubles. Il avait d'ailleurs fabriqué tout le mobilier de la cuisine.

« Qui était-ce papa, où il est passé ? Il m'a fait si mal, dis-je dans un sanglot étouffé.

– Il est parti, ne t'inquiète plus, ma chérie, je suis là : tout ira bien maintenant. C'était un horrible cauchemar, mais c'est fini, maintenant tout ira bien.

– C'est ça, un cauchemar, papa ? Mais ça fait trop mal !

– Mais non, ma chérie, ça ne fait pas mal, c'est une impression, c'est tout. Quand on fait un cauchemar, c'est que l'on dort, donc on ne peut pas sentir la douleur. On croit qu'on la ressent, mais en réalité on dort.

– Ah, dis-je dans un nouveau sanglot. C'est donc ça un cauchemar ?

– Oui, dit-il tout bas, c'est ça. »

Je hoquetai, inspirai profondément, j'avais besoin d'air, et essuyai mes larmes. Enfin j'essayai, il y en avait trop. Elles coulaient de mes yeux comme la lave d'un volcan, d'un flot continu, impossible à endiguer. Il m'embrassa sur le front.

Je semblais intacte. Aucune blessure, aucun traumatisme n'était visible. Je ne comprenais plus rien, j'étais entière alors que j'avais l'impression d'avoir été coupée en deux.

La douleur s'estompa lentement sous les paroles réconfortantes de mon protecteur. J'arrivais enfin à respirer, retrouvant doucement mon calme, bercée par les bras qui m'enlaçaient avec une infinie douceur, certaine que jamais plus je n'aurais à revivre ces moments douloureux.

Le lendemain matin, je m'éveillais sous les premiers rayons du soleil, me demandant ce qui avait réellement eu lieu durant mon sommeil.

J'ignorais que cela allait recommencer.

Pour vivre sereinement parmi mes frères et garder l'insouciance légitime des jeunes enfants, je voulus croire que rien ne s'était passé et qu'il y avait des souffrances plus grandes que la mienne. Maman ne nous répétait-elle pas toujours, quand nous voulions nous plaindre : « Pensez un peu aux enfants qui n'ont pas de bras ou de jambes ! Eux, ils sont malheureux ! »

Au fond, j'avais toujours mes deux bras et mes deux jambes.

Pour survivre, avancer vers mon destin, malgré les agressions régulières de la bête, chaque soir je fermais les yeux, puisant ma force et ma détermination au cœur même de cette douleur profonde. Tenue au silence sous peine de voir la bête s'en prendre à maman – elle m'en avait fait la menace –, je forgeai une part de mon identité et de ma personnalité dans la banalisation de cette souffrance mystérieuse.

Forte de mon double prénom, je commençais, sans vraiment m'en rendre compte, à diviser mon existence en deux espaces distincts. Au cours de journées bien remplies, je me jetai dans une multitude d'apprentissages qui feraient de moi ce que je suis aujourd'hui, oubliant tout le reste pour quelques heures.

C'est à cette époque que je commençai à tout comptabiliser mentalement par multiples de 3 : trois fois toucher ma tête pour provoquer la chance, mâcher trois fois ma viande avant de l'avaler, réciter trois « Notre Père », trois « Je vous salue Marie », trois « Petit Jésus couronné de fleurs » en chapelet que je répétais en alternance avant de m'endormir, parfois jusqu'à l'épuisement. Ces prières, que ma grand-mère m'avait apprises dès que je fus en âge de mémoriser, étaient le seul moyen que je possédais pour me protéger de mes peurs. Ce Dieu imploré ne m'aiderait pourtant jamais : plus je le priais, plus je souffrais. « Un deux trois, un deux trois, un deux trois… »

J'étais également victime de tics obsessionnels compulsifs : ces « TOC » dont j'ignorais la signification et dont j'étais la seule à connaître l'existence. Honteuse, je les cachais à tous, même à mes frères, pensant que je ferais certainement l'objet de leur moquerie si je leur en parlais. Ces mouvements répétés de façon organisée, avec méthode et énormément de précision, me rassuraient silencieusement et m'aidaient dans ma quête de protection.

Louis

Un malaise palpable s'insinue à présent profondément en lui. Pourquoi quelqu'un a-t-il désiré qu'il connaisse cette histoire ?

Une certaine tristesse l'étreint aussi. Cette souffrance d'enfant l'interpelle. Il a également la désagréable sensation de profaner la douleur de cette petite fille, d'entrer frauduleusement dans l'intimité de sa vie. Pourtant, si elle a écrit cette autobiographie, si elle la lui a fait parvenir, c'est qu'elle désire que lui, Louis Hanotte, en prenne connaissance. Accablé, il reprend la lecture. Il veut savoir, par respect pour cette petite Doriane, la suite de son destin d'ores et déjà atrocement mutilé. Mais aussi parce que la curiosité, cette force incontrôlable, l'encourage à continuer malgré son malaise.

Peut-être est-ce cette lecture, mais, tout à coup, un flash lui arrache un sourire : il se revoit enfant durant la guerre. Avec ses frères, ils couraient derrière le camion du charbonnier pour ramasser les précieuses pépites qui tombaient par vagues noires et poussiéreuses afin d'aider leur mère dans le douloureux quotidien qu'était leur vie sans leur père. Soixante ans plus tard, il s'en souvient avec fierté.

Le neurologue s'était voulu rassurant : il lui avait précisé que, dans son cas, l'amnésie dont il était victime lui rendrait des moments de sa vie, par bribes, et que, un jour peut-être, son passé lui serait rendu dans son intégralité. Avec le retour de ce souvenir, lui était-il possible de croire en la récupération entière de son passé ?

« Un choc violent, la mort d'un proche par exemple, a probablement provoqué votre amnésie. Votre cerveau a œuvré afin de vous épargner la souffrance et a balayé une partie de votre existence pour vous préserver d'un souvenir trop douloureux. Il n'est donc pas exclu qu'un autre choc vous rende votre mémoire. Il faut y croire, monsieur Hanotte, rien n'est jamais définitivement perdu, vous savez ! Lorsque vous serez prêt, probablement que votre mémoire vous rendra ce qu'elle vous a volé. »

Doriane

Fin de l'année 1961.

Le médecin ne put cacher son inquiétude. Depuis quelques jours, ma cousine Cécile présentait des symptômes assez alarmants. Il pensait à un problème cérébral plutôt que musculaire et ordonna d'urgence une visite chez un neurologue renommé. Le diagnostic fut sans appel : tumeur située au cervelet, opération inévitable.

Ma tante s'effondra dans notre cuisine à son retour de l'hôpital. Sa merveilleuse petite fille venait d'avoir deux ans et ses jours étaient à présent en danger. Bouleversée, révoltée mais pourtant soumise, elle tomba dans les bras de maman, qui ne savait comment la rassurer, les mots étant totalement inefficaces face à cette douleur aussi insoutenable qu'indécente. Elles sanglotaient toutes les deux sous le regard déconfit de mon oncle qui me regardait sans me voir, ignorant ma présence, mesurant toute l'impuissance de l'homme face à l'injustice d'un Dieu à qui ils vouaient pourtant tous, à l'exception de mon père, une foi sans limite.

Ma tante prépara une valise pour l'hospitalisation de sa fille, prit quelques vêtements pour elle et son mari, et tous trois s'engouffrèrent dans la minuscule Fiat 500, Cécile enveloppée dans une couverture à carreaux bleus et blancs sous laquelle filtrait son sourire d'ange inquiet. Au même instant, la radio diffusait une chanson de Line Renaud que nous ne connaissions que trop bien. Quand le petit chien aboya en cadence, une rage soudaine s'empara de maman qui se précipita sur le poste et le jeta violemment sur le sol :

« Pourquoi, mon Dieu, pourquoi ne prends-tu pas celui-ci ? »

Tapant rageusement du poing sur son ventre de femme enceinte, elle pleura. Sans retenue. Elle pleura devant moi, déconcertée, et laissa s'écouler lentement sa peine sur le tablier qu'elle avait replié sur son visage. Ma petite sœur Pauline naîtra trois mois plus tard. Dans la douleur, maman avait un instant songer à sacrifier cet enfant qu'elle ne connaissait pas encore pour sauver la vie de sa petite nièce, mais Dieu ne l'avait pas écoutée ! Il aurait dû épargner les deux êtres ; malheureusement, il était resté sourd à ses supplications.

Nous ne revîmes jamais Cécile vivante.

Maman, en pleurs, nous annonça la triste nouvelle : notre petite cousine n'avait pas survécu à sa terrible maladie, le chirurgien n'ayant même pas eu le temps de l'opérer. Elle nous dit qu'elle était « montée au ciel » avant qu'on puisse tenter l'impossible pour la sauver.

Ce fut mon tout premier contact avec la mort. Je venais d'avoir cinq ans et recevais en plein cœur cette terrible réalité : non seulement nous ne sommes pas éternels, mais, en plus, la mort pouvait nous faucher n'importe où, n'importe quand, même si nous ne l'avions pas méritée.

Moi qui pensais que seuls les méchants et les voyous mouraient sous l'effet des balles des gentils policiers, j'apprenais ce jour-là que nous étions tous mortels, tous vulnérables, même les enfants innocents.

D'étranges personnages aux visages anguleux, vêtus de noir et dégageant une drôle d'odeur, avaient ramené le petit corps sans vie dans notre maison et l'avaient installé dans un lit d'enfant recouvert d'un drap blanc immaculé. Ses bras posés sur le thorax et ses petits doigts entrelacés lui donnaient l'apparence d'une enfant en prière. Elle reposait dans le living-room de mes parents, à quelques mètres de notre cuisine où nous jouions, mes frères et moi, pour oublier le malheur qui frappait notre famille.

« Qu'as-tu, ma chérie ? »

Appuyée contre le meuble de la cuisine, celui que mon père « avait fait tout seul », la tête enfouie entre les mains, je m'efforçais de simuler des pleurs afin d'attirer sur moi le regard de ma grand-mère. Je voulais m'assurer de son amour et participer au chagrin collectif. Elle était mortifiée d'avoir perdu sa petite-fille, de voir souffrir ainsi sa propre fille, je voulais sentir sa douleur et peut-être l'en soulager. Elle prit le temps, dans ce moment de tristesse insupportable, de me consoler et de sécher mes larmes qui avaient fini par couler, de la voir, elle, si malheureuse. Nous, les enfants, dans de tels moments, ne trouvions pas notre place : nous ne pleurions que lorsque nous avions très peur ou physiquement mal. Nous ignorions la douleur du cœur, celle qui ravage la raison et détruit l'âme.

Ma grand-mère m'enlaça, me serra contre sa poitrine et m'embrassa avec toute la tendresse qu'elle aurait probablement voulu offrir à Cécile. J'étais enfin rassurée : avec cette étreinte, la peur se dissipa doucement, je vivais toujours et ma grand-mère aussi.

Je ressentis alors un peu de honte. Je venais, par une manipulation puérile, d'ajouter encore un peu de souffrance à la peine de ma grand-mère adorée, en cherchant à capter son attention par tous les moyens.

Je me cachai derrière quelques hoquets.

« Est-ce que tu veux aller la voir avec moi ? demanda-t-elle.

– Oui, j'aimerais la voir encore une fois ! »

Elle ouvrit doucement la double porte qui nous séparait du salon et nous entrâmes, main dans la main, dans cette pièce transformée en mausolée pour accueillir ce petit destin inachevé. Malgré la pénombre, je la vis avec une distinction surprenante. Paisible, elle reposait dans son linceul.

Son crâne rasé en prévision de l'intervention chirurgicale manquée était cerclé d'une bande Velpeau aussi blanche que le drap sur lequel elle était étendue et dégageait un petit visage de porcelaine ayant trouvé l'apaisement. Mon Dieu qu'elle était belle !

Cherchant un dernier contact avec sa peau, je posai ma main sur les siennes, pour conjurer la mort et me convaincre qu'elle vivait encore, qu'ils se trompaient tous. Mais le froid de sa peau me gagna et m'obligea à accepter l'évidence. Alors, subitement, à l'idée qu'elle se trouvait là, seule pour l'éternité, je ressentis pour la première fois une terrible et irrépressible envie de pleurer. La mort avait emporté ma petite cousine, c'était profondément injuste et, malgré mon jeune âge, je perçus distinctement la révolte gronder en moi et me déchirer la poitrine.

« Pourquoi Dieu a-t-il fait ça, Bobonne ?

– Cécile est maintenant un ange à ses côtés, ma chérie ! »

Ma grand-mère, qui, une fois de plus, trouvait la force de surmonter sa peine grâce à sa foi restée intacte, était convaincue d'avoir, par ses prières, épargné les limbes à sa tendre petite-fille.

Chaque semaine, jusqu'à ce que plus tard ses forces taries ne le lui permettent plus, ma grand-mère se rendra sur sa tombe.

Après l'enterrement, la vie dut reprendre son cours. Pour retrouver un semblant de réalité, il fallut sortir doucement de cette léthargie dans laquelle le malheur avait immobilisé ma famille. Ma pauvre tante, soutenue par son mari et mon cousin, trouva la force de laisser son petit ange en terre belge et accepta de rentrer en Allemagne où son mari effectuait son service.

« Je t'en prie, Mado, laisse-moi reprendre Dorane avec moi, ça me fera du bien de l'avoir ! » insista-t-elle.

Bien sûr, maman accepta. Comment refuser ?

En réalité, j'adorais partir avec eux. Pour fuir la bête, je les implorais de m'emmener à chacun de leur départ. Mais, là, c'était différent : ma cousine ne viendrait pas avec nous. Je les suivis donc un peu à contrecœur emportant avec moi ma petite valise en toile écossaise et leur terrible chagrin. Sur le seuil de la porte, maman me fit un petit signe de la main. Je vis couler une perle de pluie sur son visage, puis elle disparut doucement derrière mes larmes, se fondant lentement au décor de notre rue que je quittais pour deux semaines.

Le voyage se passa sans problèmes et sans grand enthousiasme ; cependant, plus nous approchions de la maison, plus les tristes souvenirs des derniers jours s'estompaient en moi, et plus je me réjouissais d'arriver. Ma tante, elle, faisait preuve d'une dignité exemplaire, s'efforçant de nous montrer, à Julien, son fils, et à moi, un visage rassurant. Je garderai éternellement en mémoire l'instant de notre arrivée, où un minuscule landau en osier, qui trônait dans le salon et semblait attendre le retour de sa petite propriétaire, attira mon attention.

« Non, ne touche pas à ça, s'il te plaît, supplia ma tante : c'est à Cécile… »

Elle venait de s'effondrer dans le hall d'entrée, soutenue par mon oncle, dont les yeux rougis par les larmes qu'il retenait de toutes ses forces se fermèrent sur ce passé qu'il devait, ce jour-là, dépasser afin de continuer à vivre pour les siens, pour son fils.

J'étais anéantie. Je passai une nuit blanche, percevant les pleurs provenant de la chambre voisine et ne sachant que faire pour ne plus les entendre.

Cette nuit-là, une nouvelle forme de peur s'imposait à moi :

« Un deux trois, un deux trois, un deux trois, petit Jésus, faites que ma maman ne meure jamais, s'il vous plaît, petit Jésus ! »

Marie

Deux médecins et une infirmière débarquent affolés dans la chambre de Léa. Les moniteurs de leur colonne de contrôle viennent d'indiquer un arrêt cardiaque chez leur patiente et l'équipe déploie maintenant tous ses efforts pour la ramener à la vie. Les décharges électriques arc-boutent le corps inerte. Refoulée dans un coin de la pièce, Marie prie, espérant ainsi, par ce geste désespéré, participer à l'effort collectif.

Après dix minutes qui lui semblent être des heures, elle entend à nouveau les « bip-bip » rassurants, d'abord discontinus, puis de plus en plus réguliers, résonner dans la pénombre de la chambre.

Alexandre est effondré et n'arrive pas à contenir un sanglot.

Soulagée de voir avec quel courage se bat sa fille, Marie décide de s'installer dans la chambre voisine afin de rester auprès d'elle au cas où son état s'aggraverait.

Doriane

J'ai six ans et j'ignore si je passerai toute la nuit calfeutrée sous l'édredon dans la douceur de mon petit lit ou si je serai à nouveau emmenée dans l'antre glacial de la bête immonde. J'apprends que l'appréhension de la souffrance est déjà de la souffrance : alors, par différents moyens d'enfant que je réinvente chaque fois, je résiste à son emprise. Je repousse le sommeil aux limites du supportable, refusant de me soumettre à sa volonté pour garder le contrôle du temps, de l'espace, de mon corps et, surtout, de ma vie. Avec force, je souffle sur le temps pour qu'il accélère son cours et me projette loin de cette terreur.

Je réalise sans comprendre que seule la seconde qui égrène mon avenir existe et que ce passé proche n'est déjà plus qu'un simple souvenir ; que demain sera différent et qu'il emportera avec lui ma douleur présente. Car je vis ce présent dans l'oubli de moi-même, non plus comme ce cadeau de la vie qu'il devrait être, mais comme une étape obligatoire vers ce qui sera une délivrance, ma délivrance. Dès ma sortie de l'antre de la bête, me viendra alors le goût amer de la tristesse, avant que ne triomphe à nouveau, plus fort encore, le temps assommant de la peur.

C'est à travers ma vie avec la bête que j'apprends à me battre. Les règles du jeu sont très simples : tu es plus fort, tu gagnes ; tu es plus faible, tu dois te protéger, être protégé, ou tu perds ! À six ans, je vis, impuissante, le triste et définitif enterrement de mon enfance, avec cette lucidité que m'impose ce dépassement de moi-même. Seul mon corps refuse de grandir, de s'épanouir, me maintenant dans l'anormale petite taille qui fut la mienne durant cette enfance devenue vieille bien avant l'âge.

Chaque nuit, dans mon lit froid, des heures entières, je pleure mes prières. « Un, deux, trois », j'implore Dieu pour qu'il réchauffe et ramène à la vie mon corps meurtri. J'établis secrètement une échelle de la douleur. Là, je crois que j'ai touché le fond, que rien ne peut m'arriver de pire. Erreur, demain sera plus pénible qu'aujourd'hui, plus démoniaque même. Mais je relèverai la tête et tournerai le dos à toute cette misère. Je renaîtrai ainsi de mes propres cendres, plus forte, plus solide, arracherai à nouveau la vie au cœur de ma vie afin d'affronter mon futur avec obstination et courage.

Seules les nuits passées en Allemagne chez ma tante et mon oncle étaient épargnées par la bête. J'implorais donc mes parents qu'ils me laissent passer les vacances scolaires chez eux, ce qu'ils acceptaient volontiers : un enfant de moins à entretenir, une bouche de moins à nourrir pendant quelques semaines, cela comptait dans le maigre budget dont ils disposaient.

Sandrine, née quelque temps après le décès de Cécile, apaisa lentement leur chagrin. Moi, je passais des heures avec mon oncle si comique, toujours prêt à se donner sans compter pour nous divertir.

À la maison, en dehors de maman, de mes frères et de ma petite sœur, Bobonne m'apportait ma part de bonheur et de joie. Les dimanches, quand mes parents le permettaient, elle m'emmenait à l'église pour assister à l'office de dix heures. Je détestais la messe. En dehors du passage par le bénitier, qui m'amusait toujours – cette eau à s'éclabousser soi-même sur le manteau m'arrachait chaque fois un sourire –, c'était long et prêché dans une langue incompréhensible. De plus, il fallait rester assis sur une chaise pendant plus d'une heure – chose impossible pour moi à cet âge, j'avais des fourmis dans les jambes et sous les fesses. L'église était froide et sinistre, remplie d'âmes insensibles aux souffrances des petites filles et, même là, Dieu ne pensait qu'à lui. Malgré cela, j'aimais l'accompagner, car, après la messe, elle me gardait pour partager le repas de midi avec elle et mon parrain, son mari. L'ambiance était bien meilleure qu'à notre table, où mon père avait instauré la loi du silence.

Souvent, avec Bobonne, nous prenions le chemin du bois pour monter au cimetière, qui se situait haut perché sur une colline de la ville, pour nous recueillir sur la tombe de Cécile. Il dominait nos âmes et nos cœurs, probablement afin que nous n'oubliions jamais nos morts. Ses allées étaient bien entretenues et le marbre des pierres tombales alignées en rangs serrés brillait sous le soleil. De jolies fleurs posées sur les tombes embellissaient l'espace, mais, pour moi, compte tenu de l'endroit où elles brillaient, elles sentaient la mort et la putréfaction.

Ces balades en pleine nature nous régénéraient, surtout en automne où les couleurs qu'elle nous proposait étaient fabuleuses. L'air, souvent léger, étreignait mon cœur blessé et, consciente de ses bienfaits, je le respirais à pleins poumons. Ces moments de douceur extrême, que m'offrait ma grand-mère, m'aidèrent à supporter le poids de mon silence.

Louis

Il est à présent complètement déstabilisé. Une horrible impression l'envahit. Et si cette enfant n'était autre que sa fille Sandra ? Au fond, il ne sait rien de sa vie avant leur rencontre. Que s'est-il passé avant qu'il ne soit là pour la protéger ? Qu'a pu endurer sa petite avant lui ? Jamais sa femme n'avait évoqué leur passé. Toujours superficielle, évasive, elle n'avait parlé que de très vagues souffrances et de quelques difficultés financières. Lui pense que son premier mari les maltraitait.

Maintenant, la gamine du roman prend le visage de Sandra : cela lui est insupportable. Il laisse échapper un soupir de dégoût. Ces derniers chapitres lui sont particulièrement difficiles à lire.

Doriane

Septembre 1962.

« Ça suffit, vous deux ! Dorane, viens ici, descends dans la cave ! Et je ne veux rien entendre !

– Non, papa, pas la cave. Je t'en supplie, papa, pas la cave, j'ai trop peur !

– Fallait réfléchir avant de te disputer avec ton frère, j'en ai marre de vous, maintenant, tu descends !

– Papa, j'ai rien fait, c'est Pierre qui a commencé, c'est pas moi ! »

J'implorai sa clémence, mais rien n'y fit. C'était vraiment injuste : je n'avais rien fait de mal et il le savait. Une fois de plus, il m'enferma dans l'escalier menant au sous-sol, endroit lugubre et sinistre, me laissant seule dans le noir, aux prises avec mes terribles angoisses. Non contente de détruire mes nuits, la bête s'en prenait maintenant à mes jours. Il me fallait descendre les marches qui me conduisaient en enfer. Car elle allait à nouveau me torturer, je le savais. Elle m'empêcherait le moindre mouvement de défense, paralyserait mes jambes et mes bras. Je lutterais alors, impuissante, contre cette force surhumaine. Son acte terminé, elle m'enlèverait le bandeau appliqué avec soin sur mes yeux afin que jamais mon regard ne croise le sien et me libérerait enfin de son emprise. Je resterais un moment seule. Les larmes couleraient alors lentement le long de mes tempes et iraient mourir dans le creux de mes oreilles en raison de la position horizontale qu'elle m'aurait à nouveau imposée. La tête vide, un vertige m'engloutirait ; j'aurais alors la sensation affreuse de me noyer dans l'eau salée de mon propre chagrin, puis, pour un court instant, un court instant seulement, viendrait le moment de l'apaisement. À cet instant précis, je penserais plus encore à ma mère :

« Maman, j'ai besoin de toi, de ton amour, de tes câlins, de ta tendresse. J'ai mal et ne peux en parler à personne. Mais comment ne comprends-tu pas ce qui m'arrive ? Toi qui m'as donné ta chair et ton sang, n'es-tu apte à détecter mes moindres souffrances ? Tous les jours, tu chantes près de moi comme si la vie était belle, alors que je lutte seule dans le marécage de mon triste sort, m'y enfonçant chaque fois davantage. Est-ce possible ? Pourquoi ce silence ? Au moins toi, ma maman, tu devrais me comprendre, tu pourrais me protéger, tu es née pour ça, tu m'as mise au monde avec ce devoir, je le sais, jamais tu ne nous as laissés tomber, alors pourquoi ?.... Les mots sont prêts dans ma tête, mais jamais ils n'arrivent à mes lèvres qui tremblent de te parler.

Mais à quoi bon pleurnicher ? Attrape ma main, maman, fais-moi danser ! Entraîne-moi dans le sillon mélodieux de ta voix et chasse mon chagrin loin de notre bonheur. Tu es magicienne, maman ! »

Je sortis de la cave laminée. Le soleil brillait dans le jardin où mes frères jouaient aux billes et se disputaient tant l'enjeu était devenu important : gagner le pot.

« Viens jouer avec nous, c'est nous qui gagnons ! me dit François. J'ai raflé tous leurs “maillets” et toutes leurs “chanceuses” pendant ton absence. »

Une heure plus tôt, j'avais dû quitter cette partie au goût de noisettes chapardées sur le coudrier de notre vieille voisine modiste, sur l'ordre militaire irréfutable et non négociable de mon père.

Je souris à mon frère, cachant tant bien que mal l'émotion qui me secouait de la tête aux pieds – « surtout qu'ils ne voient rien » – et les rejoignis dans le fond du modeste jardin. Des oiseaux chantaient dans le gros arbre de la somptueuse propriété qui jouxtait notre maison à l'arrière, cachée derrière un haut mur de vieilles briques qui délimitait notre univers. Quand je voulais m'échapper, si l'air du temps opprimait trop intensément ma poitrine, je montais sur le banc et, sur la pointe des pieds, humais l'immense parc arboré magnifiquement entretenu qui s'étendait à deux pas de notre misère.

Toutes ces choses familières et rassurantes me sortirent lentement du mutisme dans lequel je m'étais réfugiée. Je ressuscitais, revenais malgré moi à la vie, cette vie qui me tendait de faibles bras si peu protecteurs.

Malgré leurs fréquences, je n'arrivais pas à m'habituer à ces tortures. Les douleurs physiques s'effaçaient systématiquement de ma mémoire dès leur accomplissement, mais, psychologiquement, je ne pouvais m'y soumettre, c'était impossible. Je subodorais qu'il s'agissait du mal dans sa plus terrible expression et refusais d'en être la victime. Mais, tristement impuissante, je ne pouvais rien empêcher. Je me mis à rire telle une petite folle hystérique, seul moyen que je trouvai pour mieux dissimuler les spasmes qui me secouaient en silence et la honte qui s'emparait à présent de moi. Mes frères riaient de plus belle avec la naïveté d'enfants de quatre, cinq et sept ans, inconscients du drame que je venais de vivre et que je ne pouvais absolument pas leur raconter.

À ce moment précis, je décidai de devenir une petite fille modèle pour qu'on m'aime et pour que mon père ne me jette plus jamais dans cette cave humide et froide. Avec pour armes du courage, de la détermination et ce que mon cerveau voulait bien produire d'intelligence, je partis à la conquête de ma vie comme un brave petit soldat se serait engagé sur le chemin de la guerre, ignorant ce qui m'attendait et surtout comment j'allais faire pour persévérer malgré cette angoisse permanente d'un nouvel assaut. Être irréprochable, c'était tout ce que j'espérais, parce que c'était probablement l'unique moyen d'échapper aux sentences de mon père.

Je pleurai quelques mots de détresse en m'éloignant de mes frères, qui avaient repris, étrangers à mon histoire, le jeu et la lutte pour la victoire finale.

Tout sourire, maman étendait son linge sur les fils quand elle poussa un cri d'horreur épouvantable. D'un coup, elle bondit sur le petit tabouret qui se trouvait à l'extrémité du séchoir et sur lequel était posé un petit panier de plastique bleu contenant ses pinces à linge. Sur ce minuscule podium de fortune, elle hurlait en tapant des pieds, à l'image d'une danseuse de flamenco hispanique. C'était drôle, et je souris. J'avais tellement envie de danser avec elle ! Mais soudain je sentis une très désagréable impression, comme un liquide chaud couler sur mes jambes, que je ne pus retenir. Je restais paralysée.

Mes frères accoururent du fond du jardin, inquiets pour leur maman qui semblait être vraiment effrayée.

« Des grenouilles, cria-t-elle, il y a des grenouilles plein le jardin ! Mais d'où viennent-elles, bon Dieu ?

– Des grenouilles !, rétorqua François, très fier de lui. Ça y est, nos têtards, ils sont grands, ils sont devenus de vraies grenouilles, ça c'est chouette ! »

Laurent et Pierre se réjouirent de découvrir les fruits de leur pêche miraculeuse dans l'étang du bois voisin, qui sautaient de toutes parts.

« Mais attrapez-les, ne restez pas plantés là à les regarder. Enlevez-moi ça du jardin, sinon, *gare à la gare* ! »

C'était son expression favorite : cela ne voulait absolument rien dire, mais, dès qu'elle la serinait, nous savions tous qu'il valait mieux écouter. Mes frères, un peu surpris de la voir ainsi affolée, obtempérèrent et partirent à la chasse en riant. Ils se moquaient de maman qui, elle, s'agrippait aux fils du linge afin de ne pas tomber sur le sol où sautillaient maintenant une trentaine de petits batraciens apeurés. Au fur et à mesure que les embryons arrivaient à maturité, aidés par les gigantesques pattes qui s'étaient miraculeusement développées, ils sortaient du bassin d'eau dans lequel ils attendaient depuis une bonne semaine. Sans demander leur reste, la liberté leur tendant les bras, ils filaient en croassant à tue-tête dans un concert merveilleusement orchestré par les barytons de la troupe. Souvent, par la suite, je rêverai que moi aussi, en grandissant, je pourrais me propulser à l'extérieur de ma vie.

Profitant de la diversion qu'occasionna cette mésaventure, j'entrepris d'aller me laver et me changer à l'insu de mes parents ; surtout, ils ne devaient rien savoir de mon petit accident – ils m'auraient certainement punie et cela aurait été au-dessus de mes forces. À l'instant même où j'entrai dans la maison, j'entendis les cris de joie qui les unissait tous. Mon père les avait rejoints en chahutant, maman explosait à son tour d'un rire cristallin aussi léger que l'air qu'elle déplaçait et qui résonna douloureusement dans ma tête. Je frottai pendant de longues minutes, insistant sur les endroits touchés par la bête avec le secret espoir que cela effacerait toutes ses traces, les refoulerait à l'abri du regard des autres.

Le soir, en me couchant dans le lit situé dans la chambre que je partageais avec mon frère, je ne pus trouver le sommeil.

« François, tu dors ?

– Non

– François, maintenant, tu dors ?

– Non, laisse-moi dormir ! »

Un quart d'heure s'écoula.

« Dis, tu dors ?

– Oui !

– Menteur, puisque tu me réponds, c'est la preuve que tu ne dors pas.

– Bon, t'es vraiment casse-pieds, si tu continues, j'appelle papa ! »

Là, je savais que j'avais atteint ses limites, qu'il fallait que je me taise et que j'essaye de dormir, car, s'ils s'endormaient tous avant moi, jamais je ne pourrais trouver le sommeil. Je me mis alors à prier, Dieu, Marie et Jésus, pendant un temps interminable, recommençant sans cesse des chapelets de prières, par séries de trois, et finis par fermer les yeux, épuisée. Même si, le matin, je me sentais plus forte d'avoir survécu, mon bonheur se diluait lentement.

À l'école, je devais lutter une grande partie de la journée contre la fatigue qui m'empêchait de me concentrer, m'attirant au passage quelques remarques de notre maîtresse, qui ne reconnaissait plus en moi la bonne élève que j'étais en réalité. Un jour, elle me priva de récréation et me condamna à finir l'exercice de grammaire que je n'avais pas terminé dans le délai qui nous avait été imparti. Seule dans la classe, il me prit une terrible envie d'aller aux toilettes. Mais le règlement de l'école m'interdisait tout déplacement dans les couloirs sans autorisation. J'étais désespérée. Je réussis cependant à me retenir un certain temps, mais, au bout de quelques minutes, je n'y tins plus. C'était la troisième fois en quinze jours que cela m'arrivait à l'école. J'étais tellement effrayée à l'idée que mes amies et la maîtresse s'en aperçoivent que je pris la serpillière qui servait à laver le tableau et épongeai au mieux la flaque qui brillait sous mon banc. La honte s'empara alors entièrement de moi, et lorsque mes compagnes rentrèrent en classe, elles me trouvèrent penchée sur mon ouvrage. Je n'osais relever les yeux vers elles et m'appliquais à terminer ce fichu exercice de français avec le bonheur contrit que m'offrait cet alibi pour éviter leur regard. Je sentais une chaleur empourprer mes joues, que je dissimulais derrière mes cheveux, qui pendaient sur mon cahier. Il fallait absolument retenir mes larmes, sous peine de me trahir. Jamais je ne sus si notre institutrice avait remarqué quelque chose ; elle n'y fit jamais allusion. Pour ma part, me sentant terriblement coupable, je n'ai jamais raconté cet épisode à personne, pas même à ma mère.

Léa

J'émerge du coma et, comme on s'éveille d'un sommeil d'enfant heureux, me plonge dans la douceur des yeux de ma mère.

Aujourd'hui, je peux enfin lui adresser la parole. Doucement, endolorie et bloquée par d'innombrables tuyaux qui m'empêchent tout mouvement, je me tourne vers elle :

« Tout va bien, Maman ?, ne t'inquiète pas, tout va s'arranger, je vais m'en sortir.

– Je suis tellement contente de te voir, Léa, j'ai eu si peur pour toi.

– Moi aussi, maman, je suis heureuse que tu sois là.

– Depuis quand suis-je ici, sur ce lit ?

– Huit jours, Léa.

– Mais quel jour sommes-nous aujourd'hui ?

– Peu importe, ma chérie, tu as dormi tout ce temps ! Mais reste calme, je t'en prie, tu vas bien à présent. »

J'accuse le coup. Une semaine de ma vie s'est écoulée. Je ne me souviens de rien. J'ignore la raison qui m'a clouée sur ce lit d'hôpital. Ma mère prend énormément de précautions pour m'expliquer ce qu'il m'est arrivé.

Je l'écoute, attentive. J'adore l'écouter parler. Il me semble qu'il y a si longtemps que je n'ai plus entendu le son de sa voix. L'accident, la réunion en Bretagne qui le précédait et mon arrivée dans cet hôpital, grâce à elle, tout me revient.

Il faut que je me sorte de ce pétrin, je le dois à mes enfants. En dehors d'Alexandre qui m'attend, ils sont ma plus belle raison de survivre.

Doriane

Ma scolarité se dégradait de mois en mois. Je ne pouvais assumer cette double vie sans abîmer « ma » vie, ni en payer les conséquences, c'était impossible. Dorane et Doriane sombraient.

Au cours de gymnastique, heureusement, je trouvai le meilleur moyen de me distinguer des autres enfants de sept ans. J'y excellais littéralement. Un corps fin, athlétique, justement musclé, m'apporta la meilleure réponse aux souffrances dont il était lui-même régulièrement victime. Comme s'il eût voulu compenser ce que la bête lui prenait, il réagissait en m'offrant l'opportunité de briller aux yeux de mes semblables. Moi le petit oiseau blessé, je ressuscitais un court instant dès que l'on me plaçait face à un défi sportif ou gymnique. Je pouvais enfin épater les autres : éblouir au lieu de ternir. À cette époque, le surnom de

« Ouistiti », pour mon agilité, me fut attribué par l'ensemble de mes amies : je le trimbalerais jusqu'à l'âge de douze ans.

« Bon, c'est la dernière fois que je te le demande, arrête de pleurer, maman doit s'en aller : elle a besoin de repos ! »

Mon père élevait le ton ; il usait de son pouvoir et de son autorité afin de me faire céder.

« Non, je t'en supplie, maman, ne pars pas sans moi, je veux aller avec toi chez Tati !

– Mais ça suffit maintenant, tu es trop petite pour décider ! Ce sont les parents qui prennent les décisions, pas les enfants ! »

Je pleurais toutes les larmes de mon corps. Maman, soutenue par mon père, me réprimandait elle aussi. Elle avait besoin de se reposer, mais elle voulait partir l'esprit serein : elle n'aimait pas décevoir ses enfants ni les voir malheureux.

« Écoute, Dorane, j'en ai besoin, alors laisse-moi tranquille et arrête de pleurer ! Ce n'est pas très amusant pour moi. Moi, je te laisse toujours partir chez Tati sans rien dire. Et puis, tu vas rester avec papa. Tu l'aimes bien, ton papa ? »

Pas de réponse. Elle insista :

« Dis, tu l'aimes bien, ton papa ? »

Je répondis sans lever la tête :

« Mais oui, je l'aime bien, mais je veux aller avec toi.

– Bon, maintenant ça suffit, tu te comportes vraiment comme une vilaine petite gamine.

– Non, ce n'est pas vrai, je ne suis pas méchante, je suis gentille, maman ! Gentille !

– Alors, si tu es gentille, laisse-moi partir !

– Je ne peux pas, je ne veux pas rester ici sans toi.

– Laisse Mado, je vais lui offrir un ballon et, dès que tu seras partie, elle sera calmée. Ne t'inquiète pas, tout ira bien. »

Mon père avait tranché. À bout d'arguments, lasse, craignant de décevoir maman et de risquer de perdre ainsi son amour, je m'inclinai, consciente qu'en la laissant partir j'allais à nouveau passer des nuits sous la coupe démoniaque de mon ennemi.

« Maman, je t'aime, même si tu n'entends pas ce que je ne peux te dire. Je t'aime parce que, s'il n'y a plus "toi et moi", il n'y aura plus moi. »

J'avais imploré maman de ne pas me laisser avec lui pendant son absence, rien à faire, j'avais dû abdiquer.

Le soir, je me retrouvai seule avec mon père. Alors que je m'apprêtais à monter me coucher, il m'appela.

« Viens, on va faire la fête rien que nous deux, ça va être bien, seulement toi et moi. Toi, tu es une grande fille, non ? Tiens, bois, c'est du Coca, tu aimes bien le Coca-Cola ?

– Oui, j'adore ! »

Il y avait des chips au sel sur la table. Guidée par mon appétit, je voulus croire au bonheur. Nous buvions très peu de boissons sucrées ou de sodas à cette époque, ceux-ci étant uniquement réservés aux événements exceptionnels. C'était donc la fête, rien que nous deux. L'odeur du breuvage qu'il me tendit m'était cependant totalement inconnue.

« Non, ce n'est pas du Coca, c'est autre chose !

– Non, je te jure que c'est du Coca. Regarde, voici la bouteille !

– Non, je ne veux pas boire ça, je n'aime pas, c'est mauvais !

– Bois, c'est très bon !

– Non, je ne peux pas, je t'en supplie, papa, laisse-moi aller dormir, je suis fatiguée.

– Bois d'abord ou tu vas être punie.

– Ce n'est pas bon, ça sent l'alcool.

– Y'a pas d'alcool dedans, y'a que du Coca-Cola, comme tu aimes.

– Non, je n'aime pas ça du tout, y'a de ce truc-là dedans ! »

Je lui montrai la bouteille de gin qui était posée sur la table à côté de son verre.

« Non, ça c'est juste pour moi. »

Il mentait, c'était évident. Il s'amusait de me voir faire la grimace et s'obstinait à m'obliger à boire. Je tins cependant un bon moment, plusieurs heures peut-être, le temps me semblait si long, buvant gorgée après gorgée, renversant la moitié du verre qu'il s'acharnait à remplir à nouveau, diluant un peu plus le gin dans le Coca. Au bout de mon calvaire, pour en finir, j'avalai l'entièreté du breuvage infect qui se trouvait devant moi.

Je sentis les larmes couler sur mes joues rosies par la chaleur de l'alcool qui avait envahi tout mon être, brûlant au passage mon œsophage non entraîné. Ma tête commença à tourner. Je voulus marcher, mais n'y parvins pas. Titubant sur mes jambes, je fis trois pas, puis tombai à plat ventre sur le sol froid de la cuisine. J'implorai Dieu de me ramener maman pour qu'elle me sorte enfin de là. Dieu n'entendit rien.

Le spectacle de sa fille dans cet état semblait beaucoup amuser mon abominable père. Il riait maintenant à gorge déployée alors que je sanglotais. Il me prit dans ses bras et me coucha dans son lit, où les portes de l'enfer se refermèrent une fois de plus sur moi. Je dus à nouveau subir les assauts de la bête qui avait attendu patiemment toute la soirée que je rejoigne sa tanière. Cette fois, ce fut plus long que d'habitude, plus insupportable, la bête croyant probablement que l'alcool m'empêcherait de comprendre, de réagir, de ressentir.

Ce fut une erreur.

Animée par une rage venue du fond de mes entrailles, je réussis pour la première fois à dégager une main de sa lourde emprise et arrachai le bandeau qu'il m'avait à nouveau appliqué sur les yeux. Nous étions maintenant en train de nous battre. Je frappais, essayais de m'extirper de son étreinte, criais, mais en vain, elle me dominait par la force et par la taille. Je ne pesais pas le tiers de son poids, j'étais plus faible, je le savais, mais il fallait qu'elle sache que je refusais de me soumettre à sa volonté, maintenant et à jamais.

Ce soir-là, je dus admettre ce que j'avais toujours su au fond de moi : je connaissais cette bête immonde. Dans le déni, j'avais réussi à me persuader qu'il s'agissait d'un monstre venu du néant, sorti tout droit d'un conte pour enfants désobéissants ou peut-être d'un inconnu maléfique, fruit de mon imagination, né pour me faire souffrir, me prendre ma raison et mon âme afin d'éprouver ma résistance à la douleur et à l'autorité ; mais non, elle avait le visage d'un être aimé qui vivait près de moi tous les jours et qui se transformait en monstre chaque fois que j'étais seule avec lui.

Bobonne, qui logeait à l'étage en dessous, fut réveillée par mes cris. Je l'entendis monter la première volée de marches puis s'arrêter à l'entresol. Mon cœur se mit à battre plus fort dans ma poitrine. Ma grand-mère grognait, elle apostropha mon père et lui demanda :

« Que se passe-t-il, Lucien ? Tout va bien ?

– Oui, oui, m'man, ne vous inquiétez pas, la petite a fait un mauvais rêve. »

M'appliquant sa lourde main sur la bouche, il marmonna entre ses dents :

« Maintenant ça suffit, arrête de pleurer ou ça va mal finir ! »

Comment cela aurait-il pu finir plus mal ?

Mon presque sauveteur redescendit les escaliers et alla se recoucher. Mon espoir s'évapora. Il n'y aurait donc jamais personne pour ouvrir les yeux ?

Étrangement, ma plus grande peine fut d'admettre cette trahison venue d'un être que j'adorais plutôt que des violences que j'endurais depuis si longtemps. Je compris que plus jamais je ne pourrais l'aimer, l'admirer, le vénérer. À partir de cet instant, j'allais vivre dans l'indifférence et le cruel manque de celui qui avait trahi son rôle de protecteur. Il n'en avait pas le droit. Ce fut le début d'une souffrance différente, bien plus destructrice que l'autre que j'avais fini par apprivoiser, pour mieux m'en défendre, mieux m'en protéger. Cette nouvelle forme de douleur s'immisça en moi telle une maladie incurable. Un sentiment de gêne permanent me tiraillait désormais. Je couvrais par mon mutisme un acte dont j'ignorais alors qu'il était criminel et dont j'étais pourtant la victime. Je devenais par ce fait coupable d'un silence complice venant au secours de mon bourreau et le protégeais, à l'insu de la société qui l'avait engendré.

Maintenant que la bête était consciente que je connaissais sa véritable identité, je savais que seule ma mère pourrait m'en protéger. Je pris donc la décision de ne plus jamais la laisser partir loin de moi.

Pendant deux longs jours et deux nuits plus longues encore, loin de maman et de sa protection, je supportai en silence.

Mon père m'avait offert un ballon blanc aux motifs de Tintin et Milou, du capitaine Haddock et du professeur Tournesol. Ballon qui sentait bon le plastique neuf et promettait d'égayer un peu ce séjour, seule à la maison avec lui. Mais il avait éclaté le premier jour. Il m'était resté ma douleur, ma solitude et ma peur. J'avais troqué mon bonheur pour un ballon. Un ballon et le bonheur de ma mère.

Léa

Je progresse très vite, la mémoire me revient un peu plus chaque jour. Je pense à mon roman, cette terrible autobiographie.

« Tu sais, maman, j'ai terminé mon livre.

– Je sais, Léa… »

Ma mère semble préoccupée, mais je la rassure aussitôt :

« Ça va bien, maman, après tout, le principal est de s'en sortir entière ! »

Elle me sourit.

« Avant ton départ pour Rennes, tu devais m'en donner un exemplaire, tu t'en souviens ?

– Oui, maman, ça me revient maintenant. Ce doit être ce tas de feuilles abîmées que j'ai vu ce matin sur la table, près de la porte ; je me rappelle à présent, j'en avais un dans ma voiture : je voulais te le remettre en rentrant de Bretagne. C'est probablement la seule chose qui soit restée entière dans cet accident.

– Ce livre et toi, Léa !

– Oui maman, ce livre et moi. »

Elle n'osa pas me dire qu'elle avait déjà commencé à le lire.

Afin de me ménager, les médecins avaient recommandé la plus grande prudence : « Pas de révélation violente, cela pourrait remettre en cause le processus de guérison. »

Je regarde ma mère. Et malgré cette jeunesse qui n'en finit pas de lui coller au visage, je remarque la fatigue qui cerne ses yeux tristes.

« Tu as l'air épuisée maman. Merci, merci d'être là ! »

Je sais qu'il lui est difficile de se déplacer ; et de la voir là, loin de chez elle, fidèle à mes côtés, me donne envie de me battre. Une fois de plus. Elle fut, dans le passé, ma plus belle raison de lutter, aujourd'hui, sa présence auprès de moi me motive, et s'ajoute à mon désir de vivre pour Alexandre et mes enfants.

Nous nous sommes vues si peu ces derniers temps. Ma carrière a investi plus qu'elle ne le devrait ce précieux temps dont je dispose et je réalise que ma relation avec ma mère en a souffert. Énormément.

Il faut que cela change, absolument ! Dès mon retour à la maison, je lui accorderai plus de temps.

C'est fini, les excuses du style : « J'ai trop de boulot, maman, je viendrai demain, promis ! »

Je m'avise à quel point il y a urgence à consommer plus d'amour encore avec cette mère si lasse de vivre.

Louis

Il est plus que jamais plongé dans la lecture du livre de Doriane H. ; au point qu'il en oublie son rendez-vous chez le neurologue. C'est vrai que depuis quelques jours il a perdu l'envie de se battre contre cette saloperie. Son état se dégrade plus que jamais et Madeleine n'arrive plus à le contraindre au moindre effort. Abattu, il se comporte en homme déjà vaincu, comme si tous ses espoirs de guérison s'étaient envolés à l'arrivée de cet ouvrage dans sa maison.

Pourtant, depuis qu'il en a commencé la lecture, sa mémoire lointaine se précise. Il se souvient de son enfance durant la guerre et de son adolescence. Deuxième fils d'une fratrie de quatre garçons, il repense à l'amour qui les liait et soudain, un peu étonné, revoit le visage de son père.

Cela lui réchauffe le cœur et lui redonne espoir. Cependant, rien des trente années qui ont précédé sa rencontre avec Madeleine ne se dévoile à lui. À se demander s'il a réellement vécu durant cette période.

Doriane

Quelques mois plus tard.

Nous avions déménagé dans la maison que mon père avait construite presque entièrement seul. Enfin chez nous. Petite ombre au tableau, nous abandonnions la cohabitation avec nos grands-parents maternels que nous adorions. Au prix d'énormes privations, un peu forcés par l'adversité, mes parents nous offraient un toit à la campagne avec un grand jardin en terrasses, plein de groseilliers, d'arbres fruitiers et de papillons.

La famille s'était à nouveau agrandie durant l'été. Juste avant notre déménagement, maman avait donné naissance à son sixième enfant, notre petite sœur Victoria. Cette grossesse avait été pénible pour elle et c'était seule et à pied qu'elle avait rejoint la maternité pour accoucher de cet enfant non désiré par notre père. La surcharge de travail que lui imposait cette famille de six enfants assommait littéralement Mado. Lui, de moins en moins concerné par l'avenir de sa progéniture, laissait souvent son épouse seule face aux responsabilités qu'exigeait l'éducation d'une telle tribu. Pendant son séjour à la maternité, tous les enfants avaient été répartis dans la famille afin d'alléger au maximum la tâche de mon père, qui nous avait avertis qu'il ne pourrait assumer la famille nombreuse, les visites à l'hôpital et son travail à la caserne.

À mon plus grand désespoir, il fut convenu que Tati allait s'occuper de François et Laurent, Pauline, encore bébé, serait confiée à notre tante, alors que mon frère Pierre et moi devrions rester à la maison avec notre père jusqu'au début de notre camp de louveteaux qui débuterait le lundi.

Deux nuits dans la tanière de la bête eurent raison de moi. Maman étant loin de moi, je fus donc seule pour affronter mes angoisses. Malgré l'été torride qui régnait – nous étions le 30 juillet –, le soleil refusa de réchauffer mon corps d'enfant refroidi par ces nuits noires et je dus supporter cette terrible souffrance sans recevoir le moindre petit câlin de maman. Le lendemain, sans même avoir pu la voir ni admirer ma nouvelle petite sœur, on me conduisit au camp de louveteaux. J'y soignais mon corps blessé, mais surtout mon âme, qui avait bien besoin de ces six journées dans les bois aux parfums d'écorce mouillée pour nettoyer toutes les traces laissées par mon tortionnaire, avant de rentrer, plus ou moins rétablie, une semaine plus tard, dans ma famille.

Je ne fus jamais aussi heureuse de revoir maman. Elle m'embrassa tendrement, atténuant un peu, grâce à cette nouvelle preuve d'amour, toutes mes souffrances du week-end précédent, car, malgré son nouveau bébé, elle m'aimait toujours.

Elle ne s'aperçut de rien. La gravité des faits se dévoilait pourtant lentement à mon intelligence. En fait, je réalisais l'ampleur du désastre de ma petite existence et l'incidence qu'il pourrait avoir sur notre famille. Au prix d'efforts surhumains, je réussis à lui cacher cette vérité, car je m'étais juré de ne pas l'attrister avec une nouvelle qui l'aurait détruite elle aussi : voir souffrir ma mère m'était tout simplement insupportable. Une sorte d'accord tacite, un contrat entre le monstre et moi me contraignait à ce silence. Si je me taisais, maman ne craindrait jamais rien.

Elle rentrait à la maison avec un enfant dans les bras, beaucoup plus léger que le poids du secret que je gardais bien caché au fond de moi depuis maintenant près de trois ans.

J'allais avoir huit ans, je l'aimais et voulais la protéger, elle aussi, de la bête immonde. Sur mes épaules d'enfant reposait le poids de notre bonheur familial, celui de ma mère, de mes frères et sœurs et donc le mien ; il fallait me taire, ne rien dire.

Maman était experte en maladies d'enfants. Par exemple, elle pouvait distinguer, rien qu'à la vue, une rougeole d'une rubéole, ou une varicelle d'une scarlatine, sans le moindre degré d'erreur. Pour confirmer son verdict, elle tâtait nos ganglions, inspectait notre gorge à l'aide d'une cuiller à soupe, palpait notre front et le tour était joué. Le diagnostic tombait dans les cinq minutes avec l'exactitude d'un pédiatre surdiplômé. J'aurais tant aimé qu'elle soit aussi subtile à débusquer mon mal-être.

Je terminai mes études primaires avec une année d'avance et mention « suffisant », ni plus, ni moins. Mon excellente mémoire me permettait bien souvent de réussir les contrôles et les examens sans étudier, une simple lecture me sauvant de situations assez désastreuses les lendemains de nuits blanches. J'avais engagé un bras de fer avec la peur et me construisais au travers des efforts que je fournissais pour la maîtriser. Cela me vieillissait bien avant l'âge, mais qu'importe, je grandissais.

La nuit, je priais toujours pendant des heures : « Un deux trois, un deux trois, un deux trois ».

Louis

Il est écœuré. Cet homme est un véritable salaud. La sueur perle maintenant sur son front et il a du mal à respirer. Cette horrible histoire le perturbe et il n'assume plus cette lecture de plus en plus bouleversante. Il pense que, s'il se trouvait face à cet homme, probablement qu'il lui arracherait les yeux, ou le cœur. De toute évidence, comme tout être normalement constitué, il ne peut concevoir qu'un tel monstre trouve une place dans notre société et puisse agir ainsi en toute impunité. Quelle sorte d'être humain peut puiser le moindre plaisir dans la chair innocente d'un enfant ?

Marie

Elle a entrepris de masser sa fille. Délicatement, elle étend sur ses jambes une huile essentielle qu'elle a trouvée à la boutique de l'hôpital. Il lui semble que, lorsque sa fille est endormie, stimuler ainsi ses membres contribue à son rétablissement. Elle a toujours aimé soigner ses enfants, et participer à l'effort du personnel médical lui redonne le sourire. Il est temps qu'elle s'implique un peu pour aider Léa si elle désire rentrer sereine à la maison. Sa mission accomplie, elle pourra enfin se reposer.

Doriane

J'ai onze ans et demi. Dans ce quartier rural aux demeures modestes mais bien entretenues, les gens évoluaient vers leurs destins, indifférents aux autres et à leurs indigences. Seul le malheur devenu rumeur les fascinait. Mesquins et lâches, ils se fourvoyaient volontiers dans la médisance et la calomnie – nous savions que nous faisions régulièrement l'objet de leur plaisir malsain. Mais qu'importe, la solidarité qui nous tenait debout suffisait à atténuer les effets pernicieux de leur méchanceté. Souvent, pour ne pas succomber à la honte qui nous aurait fait baisser la tête, mes frères et moi réagissions avec la fierté de jeunes fauves à l'affût d'un peu de reconnaissance, prêts à bondir sur quiconque nous aurait salis ou se serait amusé de notre infortune. « On est toujours sali par plus sale que soi ! » : telle était alors notre devise.

Despotique, arrogant, notre père, lui, fixait les limites de sa tolérance à nos faiblesses et à nos incompétences. Responsable de la plupart des tensions qui altéraient chaque jour davantage notre joie de vivre, il abîmait notre histoire, dont l'avenir se perdait dans la détresse des coups durs qui la frappaient. Nous faisions toujours bloc derrière maman. Puérils mais vaillants, nous l'aidions à supporter la violence que mon père nous imposait et trouvions dans le jeu et la frivolité la meilleure parade à ce déferlement d'agressivité et d'hostilité. Égoïste, il prenait de plus en plus de liberté et rentrait à la maison à des heures impossibles pour le plus grand malheur de maman, qui soupçonna alors son mari d'avoir une liaison extraconjugale. Malgré le mal qu'il lui faisait, elle continuait à lui vouer la même passion, le même amour, et trouvait mille excuses à ses écarts de conduite et ses violences répétées. Elle ne s'interposait toujours pas entre son mari et ses enfants, ce qui nous laissait parfois penser que nous méritions les coups qu'il nous assénait, toujours pour notre bien.

« Aïe, mais ça fait mal ! »

Maman, visiblement inquiète, s'obstinait à vouloir arracher un cheveu à chacun d'entre nous. Bobonne, qui passait depuis sa retraite tous ses après-midi à la maison pour aider sa fille dans ses travaux domestiques, se mit à rire, intriguée par l'attitude mystérieuse de notre mère.

« Mais que fais-tu, Mado, ça ne va pas ?

– Tais-toi m'man, je fais une enquête !

– Une enquête ? Mais sur quoi ?

– Lucien a une maîtresse, j'en suis certaine.

– Mais non, voyons ! D'accord, il n'est pas facile, mais pourquoi imagines-tu une chose pareille ?

– J'ai trouvé des cheveux blonds dans ses chaussettes, maman, et moi, je ne suis pas blonde.

– Mais enfin, ils peuvent être à n'importe qui, aux enfants par exemple. Regarde Victoria, elle est blonde !

– Non, je suis sûre qu'il a quelqu'un d'autre : ce sont des cheveux décolorés, ça ! Je sens qu'il y a une autre femme dans sa vie. »

Toutes les nuits, elle l'attendait. Toutes les nuits, je l'attendais, incapable de trouver le sommeil tant qu'il n'était pas rentré. Je savais qu'elle souffrait et ne le supportais pas. Quand j'entendais ronronner le moteur de sa DS sur le boulevard des Anglais, juste en contrebas de notre chemin, je fermais les yeux, quelle que fût l'heure. S'il rentrait, tout irait bien pour maman. S'il s'endormait, tout irait bien pour moi.

« J'étais retenu à la caserne, crois-tu que j'avais le choix ?

– Tu mens, ce n'est pas possible, pas à cette heure-ci ! »

Les voix s'élevaient de la cuisine. Il était deux heures du matin et ils parlaient de choses terribles. Ils ignoraient que j'étais le témoin de leur dispute, la plus grave depuis le jour où ils s'étaient unis devant Dieu et les hommes, pour la vie entière, se jurant en ce moment de grand bonheur « amour et fidélité jusqu'à ce que la mort les sépare ».

Ils ne pouvaient pas se quitter, pas maintenant, au risque de nous envoyer à l'orphelinat ; je n'y aurais pas survécu. J'avais porté seule le poids de mon malheur pour protéger tous les miens de cette éventualité, ils n'allaient pas tout gâcher aujourd'hui.

Depuis maintenant des années, j'arrivais à gérer ma vie avec cette terrible cicatrice, trouvant mon équilibre grâce à l'amour de maman et à la force que me donnait ce lourd secret, ils ne pouvaient pas divorcer et anéantir tant d'efforts ; c'était tout simplement impossible.

Deux jours plus tard, quand retentit la sonnette, nous étions tous installés dans le salon et regardions *Le Saint* à la télévision. J'étais follement amoureuse de Simon Templar. De sa voix tendre, de ses yeux bleus, et ne pouvais détourner mon regard de l'écran. Scotchée comme une midinette devant son idole.

Maman alla ouvrir la porte et revint blême. Elle eût vu le diable qu'elle n'eût pas été plus troublée.

Mon père l'interrogea, intrigué :

« Qu'est-ce que tu as, Mado, qui était-ce ?

– C'était elle ; elle a eu le culot de venir jusqu'ici !

– Mais de qui parles-tu ?

– C'était elle : ta protégée. »

Elle avait eu la délicatesse de ne pas prononcer le mot « maîtresse » devant nous, mais en vain. Je compris très vite ce qui arrivait : de gros nuages noirs menaçaient notre famille.

« Mais de qui parles-tu, bon Dieu ?

– De ta Nicole. Elle cherche sa route et prétend qu'elle a perdu son chemin. Comme si on pouvait se perdre ici, ce n'est tout de même pas le bout du monde ! dit-elle.

– Tu as perdu la tête, Mado, je ne connais pas de Nicole et tu le sais.

– Tu mens, on t'a vu avec elle, tu ne peux plus nier. »

Ils sortirent du salon.

On n'entendit pas de cris, pas de portes qui claquent, seulement les pleurs de maman s'effondrant sous le poids de la vérité. Démasqué, il venait d'avouer. Nous étions désespérés ; qu'allait-il nous arriver, à nous les enfants, qu'allaient-ils faire de nous ? Moi, je pensais à maman. J'avais échoué dans ma mission de la protéger. Dieu n'avait-il donc entendu aucune de mes prières ? Elle souffrait et, sans savoir pourquoi, je me sentais coupable.

Désespérée, trahie, elle resta trois jours enfermée dans sa chambre et nous laissa livrés à notre père, qui semblait cependant, et pour la première fois, se repentir du mal qu'il lui avait fait. Il n'y eut pas de séparation, simplement une grosse entaille dans le cœur de notre mère. Douleur vive que je fus la seule à ressentir me semblait-il, mes frères entrant très vite dans un autre monde, celui du déni et de l'oubli.

Mon père avait été capable de construire une maison, mais pas une famille. Je lui en voulais terriblement. Maman était enceinte de son septième enfant et allait à nouveau accoucher dans la douleur, mais, cette fois, une douleur silencieuse, sournoise, provoquée par le chagrin.

Marie

Elle réalise tout à coup qu'elle a trop souvent insufflé sa rancœur à sa fille. C'est vrai que, à cette époque, elle ne parvenait pas à la contenir. Mais quelle importance, aujourd'hui ? Elle remonte la couverture sur les épaules de Léa, lui caresse la joue du revers de la main et essuie une larme sous sa paupière lourde de nuits sans sommeil. Depuis l'accident de Léa, elle a très peu dormi, cherchant dans la prière un moyen de se libérer d'avoir si mal protégé son enfant. En lisant le livre de sa douleur, elle comprend toutes ces choses que Léa lui avait tues afin de la protéger. Depuis, le remords la ronge.

Une mère naît à l'instant précis où elle fait naître son enfant de ses entrailles meurtries. Avant de voir son visage, respirer son odeur, toucher sa peau, rien n'a préparé une femme à la maternité. Rien, excepté peut-être d'avoir touché la peau, respiré l'odeur, adoré le visage de sa propre mère. Marie s'était sentie entièrement mère dès la première seconde de vie de son premier enfant et savait qu'elle quitterait son enveloppe dans la peau d'une maman.

Désormais, Marie ne dort plus jamais, elle veille. Sans relâche, à en mourir de fatigue, elle veille. Pour ses enfants, ses petits-enfants, elle monte la garde afin d'empêcher la bête immonde de salir leur âme comme elle a abîmé celle de Léa. Écrasée par culpabilité, elle protège les siens de cet homme qu'elle avait pourtant aimé d'un amour fou, sans limites. À présent, c'est sa seule raison d'exister.

Doriane

Septembre 1968.

L'école se dressait devant moi, majestueuse, belle, impressionnante. Tout y semblait paisible malgré le nombre ahurissant d'élèves qui montaient l'allée vers l'entrée principale.

Il n'y avait pas de cris d'enfants, pas de pleurs, pas de débandade vers les classes : nous étions chez les grands.

Le bâtiment moderne, de construction très récente, s'élevait sur cinq étages au milieu d'un parc dans lequel s'imposaient quelques grands arbres centenaires magnifiques. Autour, s'étendaient deux cours de récréation, une pour les classes supérieures, une pour les inférieures. Plus impressionnant encore, dans le hall principal s'activaient deux énormes ascenseurs capables de contenir chacun une quinzaine d'élèves accompagnés de leur professeur. C'était incroyable. La vie m'ouvrait une nouvelle porte sur le monde : un vent de liberté et d'indépendance flottait dans l'air, purifiant, fortifiant, que j'appréciai follement.

Les classes étaient mixtes, et pour la première fois j'allais partager mes journées avec des camarades du sexe opposé. Décidément, ma vie changeait à grands pas.

Malgré mes origines modestes, spontanément, je recherchai davantage la compagnie d'élèves ayant reçu une certaine éducation et mis instinctivement des barrières entre moi et tous autres qui fréquentaient également les cours.

« L'éducation n'a rien à voir avec l'argent, c'est juste une affaire de savoir-vivre, disait maman. Vous ne devez rien à personne, ne l'oubliez jamais ! »

Même si nous n'étions pas riches, elle marchait la tête haute et nous avait inculqué quelques valeurs essentielles, telles que la politesse, le respect, l'honnêteté, mais aussi et surtout la dignité. Je voulais faire partie de la crème et refusais d'admettre que mes origines modestes puissent être un obstacle à mon épanouissement. Malgré tous mes efforts, j'avais vécu les années primaires avec le ressentiment d'être inférieure, différente, il fallait que cela change. Ici, où personne ne connaissait mon histoire familiale, j'espérais cacher à tous que nous ne mangions pas tous les jours de la viande. Telle une étoile jaune, je voulais découdre de ma poitrine ce symbole discriminatoire, cette différence que je portais en moi depuis l'enfance et qui disait : « Je suis une victime, mes parents sont pauvres et nous ne pouvons même pas nous chauffer correctement, nous nourrir correctement, voyager ou profiter de la vie. Mon père nous rend malheureux, il nous bat, nous et notre mère. » J'avais la ferme intention de tourner cette page, d'aller de l'avant et de construire mon avenir sur de nouvelles bases. Maman posait nos repères, fixait nos limites, consacrait tout son temps et toute son énergie à notre éducation, nous donnait l'envie de nous élever dans la société qui n'épargnait pas les petits tels que nous. Pourtant, mes résultats scolaires s'avérèrent moyens, en dents de scie.

Maman insistait, me donnait confiance.

« Crois-moi, Dorane, tu es une fille intelligente, et tu peux mieux faire ! »

Malgré l'absence de la bête depuis près de trois ans, mes nuits n'étaient toujours pas réparatrices, la peur continuant à me saisir à chaque fois que je m'allongeais dans ce fichu lit. Je continuais à repousser les limites de l'endormissement, par crainte que le monstre odieux ne réapparaisse. Ayant appris comment se concevaient les enfants, je tremblais également de voir grandir le fruit de la folie du monstre dans mon ventre pubère de gamine de onze ans. J'ignorais que la nature empêchait une telle éventualité, mais le manque d'information me conduisait à penser que, autant d'années plus tard, je risquais toujours une grossesse. Une trouille insupportable me rongeait les viscères. Chaque nuit, je priais un Dieu auquel je ne croyais plus pour qu'il n'en soit rien.

Au cours de gymnastique, où d'habitude j'excellais, je n'osais plus me déshabiller devant mes copines, de peur qu'elles ne s'aperçoivent de quelque chose. Je trouvais donc mille et une excuses pour éviter le vestiaire, ce que personne ne comprenait vraiment, car il n'y avait pas de raison plausible à un tel comportement.

« Hector, où est ta tenue de gymnastique ?

– Je l'ai oubliée, madame.

– Donne-moi ton journal de classe : moins cinq !

– S'il vous plaît madame, ne me punissez pas, je l'aurai la prochaine fois.

– Pas question, c'est la troisième fois ce mois-ci, ça suffit.

– C'est dégueulasse !

– Qu'as-tu dit ?

– Rien madame, rien du tout. »

Je récoltai le fruit de mon indiscipline : cinq points en moins à ma note d'éducation. J'en avais vraiment marre, mais ignorais comment m'en sortir. Je n'osais en parler à personne, surtout pas à maman. Alors, la nuit, je priais pendant des heures, « un deux trois, un deux trois, un deux trois ».

En cours, j'avais du mal à me concentrer, excepté en mathématiques, où j'excellais, toujours prête à relever des défis servant à me valoriser aux yeux des autres, notamment aux yeux de mon père. S'il m'admirait, peut-être serait-il plus gentil avec nous, moins violent ? C'était du moins ce que j'espérais.

Magnanime et soumise, source inépuisable d'amour et de tendresse dans laquelle chacun puisait sans restriction ni culpabilité son besoin de douceur, seule Mado était garante de notre bien-être. Perdue dans cette mélancolie où elle cherchait en vain ce bonheur qui lui avait été promis, elle combattait son destin avec l'optimisme et le courage d'une fourmi s'affairant à bâtir, contre toute adversité, l'édifice protecteur de sa descendance afin d'en assurer la survie. Elle voulait croire qu'il lui restait un espoir d'apaiser cette douleur née de la trahison de son mari et luttait pour sauver ce bonheur qui se perdait. Optimiste de nature, elle s'accrochait avec force à cette espérance comme on s'agrippe à une planche de salut en plein cœur d'une tempête.

Léa

Chaque contact de sa main sur la mienne me rassure, me console ou me protège. Elle connaît le remède à la pauvreté matérielle ; quand j'étais enfant, elle appelait ça : « la richesse de l'âme ».

« Le plus important, Dorane, est de posséder la “richesse de l’âme” », me disait-elle.

Et quand je lui demandais ce qu’elle entendait par là, elle répondait sans hésitation :

« Eh bien, en réalité, c’est très peu de chose. Pour la posséder, pas besoin d’argent ni de fortune. La richesse de l’âme, c’est tout simplement savoir donner un sens à sa vie. Mais attention, Dorane, en respectant toujours deux règles fondamentales : honnêteté et respect. Surtout, sois toujours fidèle à ce que tu es vraiment, ne triche jamais, ni avec les autres, ni avec toi-même. Alors ta valeur deviendra inestimable, et là, tu seras riche, ma fille ! »

Puis elle ajoutait, mélancolique :

« Mais tu peux aussi faire de ta vie ta passion. Ton existence deviendra alors une œuvre d’art. Ton œuvre d’art ! Façonne-la, avec ferveur, courage et respect. Penche-toi encore et toujours sur ton ouvrage, sans jamais te lasser ni faiblir ; sans jamais renoncer. Travaille sans relâche à sa réalisation comme cet artiste peintre, exténué de fatigue, penché sur son chevalet jusqu’au bout de la nuit. Regarde ce grand chef cuisinier se lever à l’aube pour recueillir de la nature la meilleure des plantes, le meilleur des fruits ; il va, à la sueur de son talent, les travailler, les malaxer, afin d'en extraire l'essence et offrir ainsi à son plat la saveur qui enchantera les palais. Sois demandeuse, Dorane. Chaque minute, chaque seconde de ta vie, les sens en éveil, remplis ton âme de toutes ces émotions qui te grandiront et feront de toi quelqu'un d'extrêmement riche. Ainsi parée, va au bout de tes rêves et ne laisse personne t'en détourner. Tu es et seras ce que tu auras fait de toi, alors, deviens un joyau parmi les joyaux. Tu contribueras ainsi à rendre plus beau encore ce monde merveilleux qui t'a fait naître ! »

À vrai dire, maman, je m'en sentais incapable.

Aujourd'hui je comprends mieux le sens de ces paroles. J'adresse un sourire compatissant à ma mère qui somnole dans son fauteuil de cuir rouge, son livre ouvert, posé sur les genoux. Elle me semble si petite, si fluette. À peine la peau sur les os. Pourtant, avant mon départ pour la Bretagne, elle était bien en chair. Plutôt ronde, même. J'espère que ce n'est pas ma faute si elle a tant maigri. Je ne voudrais pas porter cette responsabilité-là. Étonnée, je cherche en vain Alexandre dans la pénombre de la chambre. Je n'y vois plus rien. Il doit être plus de dix-neuf heures, car le soleil a déjà disparu derrière l'immeuble situé juste en face de l'hôpital. Mais que fait-il ? Finalement, je m'inquiète plus pour lui que pour mon état, pourtant jugé critique. La vie est étrange, parfois.

« Maman, réveille-toi, il est temps que tu rentres à l'hôtel. Tu reviendras demain. Il est tard maintenant, tu as besoin de repos.

– Ne t'inquiète pas, Léa. Je loge à présent dans la chambre voisine de la tienne. Je suis là, je veille sur toi.

– Maman, pourquoi Alexandre n'est-il pas là ?

– Je ne sais pas, Dorane. Repose-toi.

– Sa place est ici, près de moi. Je t'en prie, dis-lui qu'il me manque. Énormément. »

Louis

Pour l'instant, Louis est seul à la maison. Madeleine et Sandra sont parties faire des achats à Liège. Il en profite pour ouvrir l'album de famille et se penche sur les photos de Sandra. Pas un seul portrait d'elle avant l'âge de huit ans. Il comprend de moins en moins ce qui lui arrive. Pourquoi Madeleine n'a-t-elle pas collé les photos de sa fille depuis sa naissance ? Et pourquoi ne trouve-t-il aucune trace de sa vie avant sa rencontre avec elle ? Que lui cache-t-elle à la fin ? Toutes ces questions l'obsèdent à présent et rien ne le détachera de ce livre avant d'en avoir percé le mystère.

Doriane

Courageusement, Mado se remettait de cette trahison, persuadée que le pardon était une preuve d'intelligence et que l'amour-propre n'avait rien de propre, que, au contraire, ce n'était qu'un sentiment médiocre inventé par l'homme pour culpabiliser un être fragilisé par l'amour et ses conséquences. Un excès d'orgueil, en quelque sorte. « Le pardon est une preuve de bon sens et non de faiblesse, Dorane, tu comprends ? » Elle avait pris une décision. Elle aimait son mari et voulait le récupérer coûte que coûte. Il lui avait juré avoir rompu avec cette femme, elle avait désiré le croire.

Elle m'expliquera, plus tard, comment il avait plaidé sa propre cause. Comme l'aurait fait un avocat pour défendre son client coupable, il lui avait démontré, avec beaucoup d'habilité, que son amour pour elle avait grandi dans cette liaison fortuite et involontaire. Il avait connu dans la chair d'une autre la désolation de son acte, cherché en vain son parfum à elle, la douceur de sa peau, ce sentiment qu'il n'avait jamais partagé qu'avec elle. Il lui dit avoir trouvé dans la trahison une force étrange, née de la culpabilité qui le rongeait, un amour plus fort encore qu'avant. Derrière quelques sanglots hypocrites, il avait amèrement regretté cet écart malheureux avec celle qui avait manipulé son faible cœur d'homme.

Mado l'avait cru.

Apaisée, elle comptait bien, après la naissance de l'enfant qu'elle attendait, le regagner tout entier. Elle attendait impatiemment la fin de sa grossesse afin qu'il redonne vie à ses attentes de femme de trente-deux ans. Repentir qu'elle désirait avidement sincère. Elle l'avait dans la peau, son émotion était intacte, elle n'y pouvait rien. Elle n'avait pas choisi ! Elle l'aimait tel qu'il était, riche ou pauvre, doux ou violent, beau ou malade, peu importe : c'était l'homme de sa vie et elle lui pardonnerait tout, elle le savait ; jusqu'à la fin de ses jours. Ne venait-elle pas de survivre à la plus éprouvante des trahisons ?

Elle pensait que le temps diluerait, effacerait même de sa mémoire les traces de cette histoire adultère qu'elle s'était empressée de pardonner. Chaque grossesse avait imposé une certaine distance à son mari impétueux, cet écart, ce coup de canif dans le contrat était donc, selon elle, tout à fait compréhensible.

Notre vie de demi-pauvres ressemblait à celle de milliers d'autres, à une exception près : contrairement à beaucoup d'entre eux, nous refusions d'accepter notre sort comme étant une fatalité. Nous avions cette fragile fierté de ne pas admettre qu'il y ait une quelconque prédestination à la misère. Nous gardions l'espoir, convaincus qu'un jour les choses changeraient. Optimistes comme notre mère, nous en avions la conviction profonde et indélébile – un jour, tout irait mieux.

Maman, drôle, insouciante et rebelle malgré les privations et les déceptions, gardait l'exceptionnelle faculté de transformer un moment de grande banalité en instant de grâce ou de félicité. Nous recevions ces perles de bonheur comme des cadeaux de vie, conscients qu'ils n'étaient destinés qu'à nous. Je me souvenais que, enfants, elle nous disait chaque soir en nous couchant : « Demain, il fera beau. Maintenant, faites de jolis rêves, mes amours ! »

Ces rêves qui nous portaient vers le lendemain, qui serait forcément meilleur, forcément plus doux, forcément plus heureux, nous inspiraient et nous apaisaient. Elle savait que, si le pain nourrit le corps, l'espoir nourrit l'âme et donne vie aux rêves. Alors, des rêves remplis d'espoir, elle nous en offrait tous les jours.

Mon parrain, que j'aimais beaucoup, décéda le jour de mes douze ans. Maman, enceinte de Delphine, suivit le cercueil agrippée au bras de son mari infidèle et indifférent à sa peine. Les plus jeunes enfants, comme lors du décès de Cécile, n'eurent pas le droit d'assister à l'enterrement. Moi, j'étais grande. L'odeur d'encens mêlée au parfum des fleurs coupées flottant dans toute la sacristie imprégna mon âme en peine. Elle représenterait à tout jamais l'odeur du chagrin.

Doriane

Début février 1969.

« Sors de ma chambre !

– Mais attends, je veux simplement te parler !

– Non, n'approche pas de mon lit ou je hurle ! »

Une violente angoisse, mêlée à une rage indescriptible, m'envahit à la vue de mon père entrant dans ma chambre à coucher. Il était vingt-trois heures, tout le monde dormait déjà et le calme régnait sous notre toit.

« Sors de cette pièce. Je me souviens de tout. Tu es monstrueux, je te déteste ! »

Du haut de mes douze ans, je venais enfin de repousser l'homme qui avait abîmé ma vie. Il était maintenant planté devant moi comme un idiot, bouche bée, mesurant, un peu tard, toute l'étendue du crime dont il était coupable. Je voyais la honte s'inscrire dans ses yeux. Bon Dieu, avait-il eu l'innocence de penser que j'eusse pu avoir tout oublié ?

« Je vais t'offrir un vélo, tu n'auras qu'à choisir et je te l'achèterai. Demain si tu veux. »

Il tentait d'acheter mon silence, j'étais stupéfaite.

« Sors, j'en ai rien à faire de ton cadeau. Moi, je veux juste que tu me laisses tranquille ! »

J'avais osé, je n'en revenais pas. Lui, le monstre, l'homme violent, dominant nos vies depuis si longtemps, je venais de le jeter hors de ma chambre. J'étais fière de moi. Effrayée, mais fière. Il sortit sans me regarder et referma doucement la porte derrière lui afin de ne pas éveiller la famille endormie.

Après cet incroyable exploit, je restai plusieurs heures, prostrée, tremblante, à revivre sans cesse ces heures de souffrance, empêchant le sommeil de s'emparer de ma vigilance et repoussant une fois de plus mon endormissement aux limites de ma résistance. Épuisée, je ne sombrai que vers cinq heures du matin dans le noir absolu d'une très courte nuit sans rêves, qui s'acheva deux heures plus tard.

La journée du lendemain fut pénible et longue. Je traînai sur les bancs de l'école mes pauvres membres fatigués, sans envie de travailler, sans le moindre courage.

Le soir, en rentrant après les cours, je découvrais sur le seuil de la maison une magnifique bicyclette blanche ; exactement celle que je rêvais d'avoir. Comment avait-il osé ?

« Maman, pourquoi est-ce qu'elle a un nouveau vélo et pas nous ?

– T'es vraiment la chouchoute, c'est pas juste : il t'a toujours aimée plus que nous. »

Une nouvelle fois, François se rebellait et, soutenu par ma mère et nos frères, manifestait son mécontentement. De fait, le mini-vélo blanc pliant, dernier cri, était superbe. Leur jalousie était tout à fait légitime mais, en réalité, je souffrais beaucoup plus qu'eux. Comment leur faire comprendre ? Putain de loi du silence.

Le soir même, mon père embarqua mon vélo dans le coffre de la voiture et me demanda de l'accompagner au champ d'aviation, où il réparait, après ses journées à la caserne, des avions de tourisme pour des clients privés.

« Tu verras, comme il y a de l'espace, tu pourras l'essayer sans danger. »

Je ne pus refuser. J'aurais encore eu l'air d'agir comme une sale gamine. Je ne voulais pas non plus éveiller les soupçons de maman ni de mes frères. J'avais tenu le coup jusque-là, il ne fallait pas craquer maintenant.

« D'accord, mais on ne rentrera pas tard, j'ai cours demain, je voudrais bien me coucher tôt. »

De toute façon, forte de ma détermination de la veille, je pensais ne prendre aucun risque à l'accompagner.

Au moment où nous quittâmes le champ d'aviation, le jour avait disparu depuis longtemps : il faisait nuit noire. Nous empruntâmes la route principale et, à hauteur du bois que nous devions traverser, mon père arrêta la voiture. Nous étions dans un endroit désert, cernés par de grands chênes et d'aussi grands hêtres pourpres, à deux kilomètres à peine de la maison.

« Nous sommes en panne, dit-il, nous allons devoir passer la nuit ici. »

Une noirceur terrifiante entourait le véhicule maintenant immobilisé sur le terre-plein le long du bois. Il se pencha vers moi, tendit le bras vers la manette se trouvant à droite de mon siège, inclina le dossier, renversa également le sien, ferma les portes à clé et m'ordonna de dormir. Je sentis monter en moi une panique incontrôlable :

« Non, papa, ce n'est pas vrai, tu mens, la voiture va bien.

– Je t'assure, calme-toi, demain matin nous rentrerons chez nous, maintenant, il faut dormir. »

Je ne cédais pas, cherchant une issue par tous les moyens.

« La route est en pente, il n'y a qu'à se laisser descendre jusqu'au carrefour, là nous serons presque à la maison.

– Non, ça ne marchera pas, le volant est bloqué. »

Il parlait sur un ton que je ne lui connaissais pas, plutôt doux, mais étrange.

« Laisse-moi sortir, je vais aller chercher du secours. »

À quelques centaines de mètres de là brillait une lumière, une maison probablement, où nous aurions facilement trouvé un peu d'aide.

« Non, reste ici ! »

Le ton changea brutalement, ce qui ne laissait plus planer aucun doute : le cauchemar recommençait. Je compris que le moment était grave et voulus sortir à tout prix. Il fallait m'échapper de cette voiture et rentrer à la maison.

J'ignorais ses intentions, mais me mis à craindre le pire. Qu'avait-il en tête ? Me tuer peut-être, afin que je me taise à jamais, ou abuser de moi une nouvelle fois ? Je tentais de parlementer. Une heure plus tard, qui me sembla être une éternité, peut-être eut-il pitié, peut-être eut-il simplement changé d'avis pour avoir mesuré les risques qu'aurait comportés son geste, il décida de repartir.

Nous roulions vers la maison, en silence. Cernée par l'atmosphère de terreur qui régnait dans l'habitacle, je priais, j'implorais Dieu pour qu'il ne m'abandonne pas une fois de plus. À cent mètres de la maison, à hauteur d'une vaste propriété inhabitée, il arrêta à nouveau la voiture et recommença son manège : « … une panne… les sièges… dormir. »

Cela devenait évident pour moi : ses intentions étaient criminelles. Il avait probablement l'intention de supprimer le seul témoin de sa démence et de ses crimes, moi, sa propre fille. Sans doute avait-il compris la veille que je représentais un réel danger pour lui et voulait tout simplement m'empêcher de parler… à tout jamais. J'étais terrifiée. Je l'implorai de m'épargner. Finalement, sous l'emprise de son autorité, je me tus. Quelques secondes, je fermai les yeux, abandonnant ma vie à celui qui me l'avait donnée douze ans plus tôt. J'entendais sa respiration de plus en plus saccadée, de plus en plus terrifiante. La peur qui me paralysait à cet instant est indescriptible. Soudain, je décidai de réagir. Dans l'affolement, je me mis à marteler le tableau de bord, espérant ainsi lui montrer ma résistance à la peur et à la pression qu'il exerçait sur moi. Mais il continuait de se taire et de fixer le capot de sa voiture, perdu dans ses pensées, totalement déconnecté de ce qui se passait.

Alors que je n'y croyais plus, sans dire un mot, il débloqua le frein à main et laissa doucement rouler l'auto jusqu'à la maison. Je ne sus jamais quel était son projet ni pourquoi il l'avait stoppé net. Peut-être un sursaut d'amour paternel, peut-être la même peur qui l'avait arrêté quelques kilomètres plus tôt ? Il me libéra sur le seuil de notre maison.

La portière de la voiture claqua violemment derrière moi. Il resta seul, les mains crispées sur le volant, il tremblait. Je m'enfuis sans me retourner, sans même lui adresser un regard. Atteignant avec peine la porte d'entrée de la maison, tenant à peine debout, je m'engouffrai dans le corridor avec la sensation que mon cœur allait exploser dans ma poitrine.

En entendant ses pas derrière moi, je fus prise d'une vision terrifiante, celle de mon corps d'enfant dévêtu, gisant sans vie, roué des coups et des blessures qu'il lui avait infligés. Une violente nausée me plia en deux ; j'eus à peine le temps d'arriver dans les toilettes que je vomis toute ma peur.

Ensuite, j'allai embrasser maman, qui dormait sur un fauteuil du salon. La neige qui avait envahi l'écran de télévision plongeait la pièce dans une pénombre désolante. Je courus m'enfermer dans ma chambre et passai une nuit blanche, uniquement habitée par la crainte qu'il ne revienne vers moi. Le temps qui ne s'écoulait pas me permit de comprendre ce qui venait de se passer. Il avait voulu m'ôter la vie afin de sauver la sienne. Le doute n'était plus possible : mon père avait voulu me tuer, se débarrasser de moi afin que j'emporte dans la tombe, et à tout jamais, notre trop lourd secret.

Mais qu'aurait-il fait ? Inventé une histoire insensée ? Convaincu tout le monde par d'extravagantes élucubrations ? C'est certain, ils l'auraient tous cru, car la douleur aveuglante née de leur chagrin aurait occulté les indices accusateurs. Le monstre aurait détourné, par sa peine simulée, les soupçons vers un kidnappeur fou qui aurait peut-être croisé ma route et qui, sous l'emprise de la démence, aurait enlevé sa fille chérie, abusé d'elle et caché son corps dans la froideur de la tourbe d'un bois sombre et peu fréquenté. Était-ce là son projet ? Personne n'aurait eu de raison de douter de sa parole. Pourtant, le mobile était réel. Mais qui savait à part moi ?

La question me hantait : comment, comment aurait-il fait ? Étranglement ? Étouffement ? À mains nues ? Et le corps, *mon pauvre corps*, jeté dans le bois ? Vraiment ? Enterré dans la tourbe ? Peut-être découpé en morceaux, méconnaissable, pour brouiller les pistes, pour masquer sa culpabilité ? Il était suffisamment intelligent pour commettre le crime parfait.

C'était impossible, il m'aimait ; j'en étais sûre et certaine.

Le lendemain, je sortis de cette nuit sans sommeil avec l'horrible sentiment que mon père était mort la veille, qu'il avait quitté ma vie à tout jamais. Je m'apitoyai sur mon triste sort. J'étais orpheline, mais la seule au courant, car on ne l'avait même pas enterré. Ce que j'imaginais être une affaire personnelle allait maintenant prendre l'allure d'un drame familial.

Il fallait que je parle à maman, rien ne l'arrêterait, j'en étais alors consciente et il fallait éviter à tout prix une tragédie qui m'aurait coûté la vie et aurait détruit à tout jamais cette famille à l'avenir déjà si fragile. Il avait peut-être voulu mettre fin à mes jours pour se protéger. Si j'étais en grand danger, je réalisai tout à coup que mes petites sœurs l'étaient également.

Demain je lui dis tout, oui, demain je lui dis tout.

Marie

À l'idée de ce qu'elle s'apprête à lire, Marie a la nausée.

Comment n'a-t-elle rien vu venir de ce qui se passait sous son toit ? Elle avait toute confiance en son mari, c'est vrai, mais comment une mère aussi attentive qu'elle avait-t-elle pu passer à côté d'un tel drame ?

Aujourd'hui, il est trop tard pour réparer. Il ne lui reste que ses yeux pour pleurer. Ses yeux et cette mission qu'elle s'est fixée : ramener sa fille à la vie. Mais en aura-t-elle le temps ? Tout est si compliqué.

Doriane

Quelques jours plus tard.

« *Maman, j'ai quelque chose à te dire.* Non… *Maman, j'ai quelque chose de très important à te dire.* Non, ça ne va pas… *Maman, il faut que je te parle de quelque chose de grave.* Non, ça non plus, c'est impossible, ça va l'effrayer. Merde, merde, merde et merde ! »

Assise sur le seuil de notre maison, la phrase me martelait l'âme à l'idée de la douleur que la révélation allait provoquer. Mes membres se mirent à trembler violemment.

Depuis tôt ce matin-là, la neige refusait de tomber. Le ciel lourd et nuageux laissait filtrer un soleil pâle incapable de réchauffer l'atmosphère triste et froide de ce lundi maudit. Fragile et désemparée, au travers du carreau givré de la cuisine, je sentis le regard de ma mère chercher ce sourire que je finis par lui adresser. Elle semblait ressentir mon malaise.

Les battements de mon cœur devinrent irréguliers et violents. Ils prirent bientôt le pas sur ces frissons intérieurs qui me secouaient en silence depuis l'aube. J'entrai à pas lents dans la maison, et, tremblante, m'adressai à maman qui repassait sans beaucoup d'enthousiasme une énorme corbeille de linge. Elle n'aimait pas cette corvée, « toujours faire et refaire, sans aucune gratification », marmonna-t-elle entre ses dents : « Quand se décideront-ils, tous ces ministres, à donner un salaire aux femmes qui travaillent à la maison ? Comme si nous ne faisions rien, nous, en élevant leurs enfants ! » Elle insista sur « *leurs* enfants ».

Malgré ce manque d'entrain, elle était de très bonne humeur.

La phrase s'imposait à moi : « *Maman, je dois te dire quelque chose d'important…* »

Cette fois, plantée devant elle, il me restait un tout petit effort à faire. J'inspirai et me lançai :

« Maman !

– Oui ?

– J'ai quelque chose d'important à te dire.

– Important, ma belle ! Oh là, tu me fais peur. »

Enfin ! Cette satanée phrase tant de fois répétée sortit de moi.

Maman virevolta sur elle-même, éclata de ce rire communicatif qui, en un autre temps, m'aurait réchauffé l'âme, et se tourna vers moi, les deux mains posées sur ses hanches arrondies par la présence de l'enfant qu'elle attendait :

« Je t'écoute, ma belle ! »

Son sourire me foudroya comme le tonnerre.

« Maman, c'est sérieux, arrête de rire, je dois vraiment te dire quelque chose d'important. »

Une larme s'échappa.

En raison de cette insouciance qui la caractérisait, Mado ne prenait que très peu de choses au sérieux. S'amusant de la vie malgré les coups durs qui l'empoisonnaient, elle tournait toujours tout en dérision. D'habitude, pour notre plus grand plaisir. Mais là, il n'était pas question de rire. J'avais besoin de son attention, de toute son attention. Je lui souris, assise au milieu de sa cuisine pleine d'enfants, alors que l'envie de faire marche arrière me retenait quelques instants encore dans ce lourd silence qui fut si longtemps ma misérable prison. Deux ou trois minutes de sursis subtilisées à ce passé qui me rattrapait et m'obsédait me donnèrent un fragile répit. Je savais que nous vivions les derniers moments de sa relative sérénité avant le grand saut dans le vide de notre vie future et m'y accrochai le temps d'un souffle, d'une dernière inspiration, juste pour trouver un peu de ce courage qui me manquait encore atrocement. J'avais peur. Malgré tout cet amour que nous nourrissions l'une pour l'autre, j'allais la détruire, anéantir ses rêves, l'emmener malgré elle vers cet enfer qui était le mien.

« Cette grossesse la rend si belle… », pensais-je.

Enceinte de sept mois de son septième enfant, souriante, épanouie, elle était née pour donner la vie, et, moi, sa propre fille, j'allais briser la sienne. J'avais envie de me taire et de fuir ; pourtant, il fallait lui parler sans tarder, je n'avais plus le choix.

Ma gorge se serra, je manquai d'air. J'avais douze ans et il me semblait que ma vie allait s'arrêter là, à cet instant précis où j'allais détruire à jamais celle de ma mère.

Les muscles de mon visage se contractaient malgré le poêle à charbon qui rougissait grâce aux briquettes – moins poussiéreuses et plus faciles à utiliser que les boulets – que Pierre venait d'y jeter « sans se brûler », sous les recommandations circonspectes de maman. M'adressant à elle, je me tortillais maintenant, appuyée au fauteuil, n'osant ni la regarder, ni aller plus loin dans mon discours, espérant qu'elle viendrait à mon secours en me posant des questions. Comment faire pour engager une telle conversation ? Elle devait accoucher deux mois plus tard et mon père avait décidé que les filles resteraient avec lui alors que les garçons iraient dans la famille durant son hospitalisation. Il était urgent que je parle.

« Maman !

– Oui ?

– Sois sérieuse, maman, s'il te plaît.

– Je t'écoute !

– Fais sortir les petits, maman, ce que j'ai à te dire est… grave. »

Sentant enfin le poids de mon malaise, elle me questionna du regard.

« Grave ! Mais dis-moi, tu me fais vraiment peur à présent, tu n'es pas renvoyée de l'école au moins ?

– Non, maman, il ne s'agit pas de ça, tout va bien à l'école.

– Comment, ce n'est pas ça ? C'est ta santé ? Tu as quelque chose qui ne va pas ?

– Non, ça concerne papa.

– Papa, qu'est-ce qu'il a fait, papa ?

– Ben, c'est très difficile à dire, il faut que tu m'aides, sinon, je n'y arriverai pas. »

Elle se demandait où je voulais en venir. Pourquoi tant de mystère pour parler de mon père.

« Eh bien, continue, que cherches-tu à me dire ? »

Un immense trou creusa ma poitrine et m'empêcha de respirer. Le vide prenait une place démesurée dans ma cage thoracique et paralysait mon diaphragme, l'empêchant d'opérer le moindre mouvement. Je restai muette, pétrifiée devant elle. Je venais de mettre en route un processus irréversible. J'étais condamnée à parler, à la faire souffrir. Impuissante, je venais de me jeter dans l'arène et allais entraîner ma pauvre mère innocente dans le sillon douloureux de ma propre détresse.

Elle mesurait à présent l'ampleur de la nouvelle à venir. C'était évident que la révélation allait être d'une importance capitale. Elle fit sortir les enfants et enfonça son regard au plus profond de mon âme :

« Tu me fais peur, Dorane, parle, s'il te plaît.

– Je ne sais pas comment te dire ça, maman, ce n'est pas facile. »

Des larmes jaillirent par centaines. J'implorai Dieu de me venir en aide. Comment peut-on, quand on aime sa mère, la faire souffrir ainsi, délibérément, uniquement poussée par une voix intérieure qui vous dit : « Tu es en danger et tu dois protéger tes petites sœurs, il faut parler maintenant » ?

Je n'y parvenais pas. Cela faisait plusieurs jours que, torturée par ce dilemme, je ne dormais plus. Je tremblais à l'idée qu'il puisse nous faire souffrir et faire endurer à Pauline et à Victoria ce que j'avais moi-même subi : c'était mon devoir de les défendre.

« Papa, il a fait des choses avec moi.

– Quoi, des choses ? Mais quelles choses ? »

Voyant l'état dans lequel je me trouvais, elle s'appuya sur le coin de la table, comprenant lentement ce que je voulais lui dire :

« De quoi parles-tu, *des choses*, mais quelles choses ? »

Elle me secouait du regard, me suppliait de parler.

« Maman, essaye de comprendre ce que je veux dire, des choses… sexuelles, tu sais, comme on fait les bébés, et des autres aussi. »

Aussitôt, elle s'écroula devant moi.

« Non, ce n'est pas vrai, tu racontes des histoires, tu te trompes, il n'a pas pu faire ça, pas à ma fille ! »

Elle pleurait, je pleurais, me vidais de mon courage. Je venais de crucifier ma mère sur l'autel de ma misère et ne pouvais plus la regarder se décomposer ainsi devant moi, par ma faute. Je m'effondrais sur le fauteuil, incapable de tenir une seconde de plus sur mes deux jambes.

« Maman, je te jure que je dis la vérité, et, surtout, il ne faut plus nous laisser seules avec lui, sinon il recommencera avec Pauline et Victoria. »

La confiance était totale entre nous et elle savait que jamais je n'aurais pu inventer une histoire pareille. Elle me crut donc sur-le-champ. Nous sanglotions maintenant toutes les deux, ne faisions qu'une, unies dans la douleur, dans le secret. Elle me regardait comme pour la première fois, reniflait, suffoquait, me serrait contre elle, contractait ses doigts dans la chair de mes bras, transformant cette douleur de l'âme en une douleur physique, qui, finalement, me fit le plus grand bien.

« Ne t'inquiète pas, je vais bien, il y a longtemps que ça s'est passé, maintenant il ne me fait plus rien.

– Mais quand est-ce que ça s'est passé ? Dis-moi ce qu'il t'a fait, n'aie pas peur, je t'en prie, raconte-moi. »

Elle était livide, transparente.

Je me sentis incapable de révéler les détails et ne lui donnai que des informations très superficielles, ne parlant pas des parties de mon corps qu'il avait à tant de reprises souillées, lui taisant l'horreur des sévices que j'avais subis. Je lui cachai que j'étais devenue son objet, qu'il avait utilisé mon corps d'enfant au gré de ses fantasmes, placé avec une certaine précision chacun de mes membres dans la position idéale à l'accomplissement de son plaisir et de sa démence. Je ne lui parlai pas non plus de l'événement du bois, les mots pour exprimer ma pensée ayant disparu avec le chagrin qu'auraient provoqué de telles révélations.

Je ne voulus pas lui dire ces tortures afin de ne pas leur donner une deuxième vie, une nouvelle force. J'avais trop peur de les entendre résonner dans ma tête. Je ne désirai pas plus entrer dans ce jeu des lamentations, car je ne cherchais nullement sa compassion, mais plutôt sa complicité et sa protection, pour mes sœurs et moi-même. Jamais elle ne chercha à connaître ces détails sordides, vraisemblablement trop pénibles à entendre pour la mère aimante qu'elle était. Même si je les lui tus, ils m'obsédaient encore. Aujourd'hui je les ressuscitais dans une souffrance décuplée, face à la personne que j'aimais le plus au monde : ma mère.

Dieu m'imposait une épreuve qui dépassait tout ce que je pouvais supporter. Ce jour-là, je lui tournai définitivement le dos, à lui et à tous ses saints, apôtres, curés et autres semblables inutiles.

Une brûlure insoutenable, plantée dans le bas de mon ventre, me provoqua une nausée acide et me fit vaciller dans le fauteuil auquel j'étais à nouveau agrippée. La douleur ainsi matérialisée sortit de moi avec une violence dont j'ignorais qu'elle puisse atteindre une telle intensité.

Tout prenait fin.

« Maman, je vais bien maintenant, ne t'inquiète pas. Mais jure-moi de ne pas lui en parler. Si tu le fais, je te le jure sur ta tête, je me tuerai.

– Il faut que je le fasse, je n'ai pas le choix. Il doit reconnaître ce qu'il t'a fait et il doit être puni pour ça : je n'ai pas le choix.

– Maman, je t'en supplie, ne dis rien, je ne veux pas qu'on soit placés à l'orphelinat par ma faute, jamais je ne pourrai le supporter. Je préfère mourir.

– Ne t'inquiète pas, tout va bien se passer maintenant.

– Je n'aurais pas dû te le dire, non, je n'aurais pas dû ! »

J'étais anéantie, mais je ne craignais plus rien et mes sœurs non plus.

C'était déjà ça.

Ce soir-là, je ne dormis pas à la maison. Invoquant un prétexte quelconque, maman demanda à Bobonne de me prendre chez elle pour la nuit. J'avoue que j'étais soulagée de n'avoir pas à l'affronter. Ç'eût été au-dessus de mes forces de croiser son regard.

Quand maman le questionna, dans un premier temps, il nia. Il prétendit que j'avais menti. Puis, lassée par ses dénégations, même si tout son être souhaitait qu'il dise vrai, elle le menaça de nous confronter. Il savait qu'il ne pourrait nier face à moi. Il craqua et avoua. Enfin. J'étais sauvée. Personne ne pourrait jamais dire que j'avais menti, c'était ça le principal. Le coupable admettait enfin mon calvaire et, surtout, reconnaissait sa culpabilité.

Le soir qui suivit, afin de ne pas éveiller l'attention du reste de la famille, je dus reprendre ma place à table. Le supplice continuait. Je sentis peser sur moi son regard de bête trahie. Il était passible d'emprisonnement et le savait.

De l'autre bout de la table, il me foudroyait d'éclairs meurtriers. Il achevait de me détruire. Il devait amèrement regretter de m'avoir déposée sur le seuil de notre maison la semaine précédente.

J'avais envie de hurler, de m'enfuir, d'effacer mon existence d'un coup de baguette magique, de recevoir de la vie une seconde chance. Pétrifiée, je restai à ma place, entre Pauline et Laurent, sans dire un mot, m'obligeant à avaler un peu de soupe. Dans un silence de mort, nous partageâmes ce repas de fin d'un monde, le nôtre. Longtemps j'ai cherché ce qui pouvait pousser un homme à de tels délires, mais n'ai jamais trouvé de réponse. Plus tard, pour se disculper, il dira pour qu'il m'aimait trop.

Je veux qu'il connaisse ma douleur d'avoir, par sa faute, aujourd'hui détruit ma mère. Car je me sens terriblement coupable. J'aurais dû me taire. Tout va changer à la maison. Maman souffre et je porte, maintenant et à jamais, le poids de son malheur. Qu'il sache également qu'il m'a privée à tout jamais de mon propre destin. Quand on vous vole votre vie, vos proches passent le restant de leurs jours à se demander ce que vous seriez devenu. Quand on vous vole votre enfance, c'est vous qui passez le restant de vos jours à rêver à ce que vous auriez pu être.

Qu'il est beaucoup plus douloureux d'être le fruit d'un monstre que d'en être sa victime.

Enfin, que je le maudis d'avoir tué ce père que je chérissais et qui a fait ainsi de moi, à tout jamais, une orpheline, me privant de ce parfait bonheur qu'était celui de l'aimer, de l'admirer, et de chercher en lui mon avenir et mon chemin.

On annonçait de la grêle pour le lendemain ; le temps changeait. Le soleil se cacha définitivement derrière les nuages, emportant avec lui ce qui restait de notre bonheur familial.

Louis

Bouleversé, il s'interroge. Pourquoi la vie s'acharne-t-elle ainsi sur cette innocente ? Y aurait-il une prédestination au malheur ? Et Dieu, que fait-il ? Ce bienfaiteur ne lui inspire que de la méfiance. Il ignore s'il est croyant ou athée. Pourtant, certains jours, à l'image d'un catholique convaincu, il le prie afin qu'il le soulage de ses douleurs. Mais, aujourd'hui, il y a, à ses yeux, trop de questions sans réponse : cette amnésie qui lui a volé son passé et maintenant cette autobiographie qui se fond dans sa propre vie. Il ne sait rien de ce qu'il était avant de rencontrer Madeleine et cela le détruit plus encore que la maladie. Ce vide de vie, n'avoir que trente années d'existence à près de soixante-douze ans. C'est insupportable. Pourquoi Dieu, s'il existe, l'éprouve-t-il de cette façon ?

Doriane

Quelques jours plus tard.

Assise dans le salon, je regardais la télévision sans vraiment m'intéresser au sujet que diffusait l'écran noir et blanc de notre vieux poste. Ce devait être une émission sur les animaux d'Afrique, mais, en fait, je m'en moquais. Je survivais.

Silencieuses, je les vis s'approcher très près de moi pour me parler sans attirer l'attention de mes frères attablés dans la pièce d'à côté et m'adressèrent un sourire contrit afin d'engager la conversation. Six jours s'étaient écoulés depuis la révélation et, de réunions secrètes en discussions passionnées, la famille proche avait été mise au courant. Maman n'avait trouvé aucun réconfort du côté de sa belle-mère, qui, évasive, refusait de croire son fils coupable de tels actes.

« Tu sais, Mado, les petites filles sont parfois aguicheuses avec leur papa… »

La douleur étant probablement trop insupportable, il lui avait été impossible d'admettre la réalité. C'était beaucoup plus facile de chercher une petite coupable *innocente* plutôt que d'avoir à juger le comportement misérable d'un fils indigne.

C'était donc auprès de sa mère et de sa sœur que maman avait reçu le soutien le plus sincère, le plus solide.

Ma tante s'avança vers moi la première.

« Dorane, à qui as-tu parlé de ça ?

– Personne, je n'en ai jamais parlé à personne. Pourquoi ?

– T'en es bien sûre, ma chérie ? Réfléchis bien.

– Oui, j'en suis certaine, maman est la première à qui je l'ai dit, pourquoi ?

– Dorane, ajouta-t-elle, il ne faudra jamais dire ce qui t'est arrivé à qui que ce soit, tu m'entends, jamais, sinon la famille éclatera et vous serez tous placés en famille d'accueil ou à l'orphelinat. »

Orphelinat ! Rien qu'en entendant ce mot, un frisson m'électrisa. Tant de fois j'avais blêmi en regardant passer le rang de ces pauvres orphelins du château au toit percé. Tant de fois, avec

Bobonne, nous avions prié pour ces petites âmes perdues, égarées dans la vie sans l'amour de leurs parents. Je gardais aussi précisément en tête ce jour où mon institutrice, dépassant les limites de son devoir, avait conseillé à maman de m'empêcher de jouer avec cette petite orpheline qu'elle trouvait mal élevée. Mon Dieu, l'orphelinat produisait des enfants différents, des enfants que l'on montre du doigt dans la rue, des enfants infréquentables. Je le redoutais tellement.

Ma mère et ma tante parlaient tour à tour, me bousculant de questions, pour s'assurer de mon silence. Elles cherchaient ma complicité dans cette *omerta* familiale. J'étais d'accord, forcément : je ne voulais pas de vengeance, je voulais juste nous protéger, mes petites sœurs et moi. La souffrance devait s'arrêter là. Malgré les séquelles inévitables, il me semblait que j'allais enfin commencer à vivre.

« Mais, Tati, je t'assure, je suis certaine de n'en avoir parlé à personne, ne vous inquiétez pas : je ne suis pas idiote !

– Ma chérie, glissa maman dans un sanglot, si tu le veux, je porte plainte et il sera jugé : c'est à toi de décider. »

Comment aurais-je pu, délibérément, envoyer mon père en prison et mes six frères et sœurs, la septième, notre petite Delphine allant naître deux mois plus tard, à la DASS ? C'était tout simplement impossible. J'avais douze ans et plus que jamais cette impression de porter sur mes frêles épaules l'avenir de toute ma famille. Il me semblait que mon propre destin était un fardeau suffisamment pesant sans lui ajouter celui de ceux que j'aimais.

« Tout va bien, maman, ne t'inquiète pas. »

J'étais en mille morceaux, mais tout allait bien. Je savais qu'il n'y avait pas de solution miracle. Maman sans emploi, sans formation ou presque, enceinte jusqu'aux yeux, malheureuse, fatiguée, représentait à elle seule la raison la plus évidente à un consensus familial. Quelques proches, l'assistante sociale et le médecin de famille furent les seuls étrangers à être mis au courant.

La réaction fut souvent la même : « Écoutez, Mado, ce genre d'histoire arrive malheureusement très souvent ; beaucoup d'enfants sont victimes d'inceste, mais les choses ne sont pas spécialement ébruitées sur la voie publique. Vous savez comme moi que vous ne pourrez pas subvenir aux besoins de vos enfants si votre mari est jugé et enfermé. Croyez-moi, la seule solution est de rester avec lui, d'être vigilante et de protéger vos filles. Ne les laissez jamais seules en sa compagnie et essayez de vivre avec ce qui s'est passé. Même si c'est difficile. Vous avez six autres enfants à protéger, il serait injuste de les priver d'un foyer. »

Cette solution fut adoptée à l'unanimité et plus jamais on n'abordera le sujet. Je restai seule avec mes inquiétudes et cherchai dans cette nouvelle structure familiale ma place, mes droits et mes devoirs.

Je terminai cette année scolaire en échec, avec mention « insuffisant », tantôt heureuse, tantôt prostrée et malheureuse, mais toujours très seule face à mes pensées morbides. Je passais le temps sans trop réfléchir à ce que je voulais réellement faire de ma vie. Je flottais, c'est tout.

Marie

Elle prend conscience que Léa fut victime de ses propres souffrances, de sa faiblesse également.

Maintenant qu'elle se retourne vers son passé, elle mesure à quel point elle doit s'excuser auprès de sa fille. Aujourd'hui, elle pense qu'elle n'a peut-être pas fait tous les efforts qu'il fallait.

Attendrie, Léa ressent le malaise de sa mère :

« Dis Maman, c'est quoi au juste, la vie ?

– La vie est une grande traversée, Léa, qui t'emmène de nulle part pour te conduire nulle part ailleurs. Mais entre ces deux points se trouve une extraordinaire aventure.

– Et réussir sa vie, dis-moi, maman, qu'est-ce que c'est exactement ?

– Réussir sa vie, Léa, c'est réussir le temps qui passe, car il emporte tout sur son passage et disparaît dès qu'il s'accomplit. Il faut rendre beau l'instant, car il est unique, et transformer chaque seconde qui s'écoule, impitoyable, en un moment parfait : celui que l'on n'aurait voulu manquer pour rien au monde. C'est également être toujours prêt à cueillir le fruit de cette seconde qui nous est offerte, car elle seule contient l'espoir. Mais réussir sa vie, c'est aussi atteindre cette sérénité dépourvue de toute peur, de toute souffrance, cet état de plénitude et d'accomplissement que seuls le désir et l'amour emplissent de leur essence.

Mais, pour cela, tu dois toujours être en accord avec tes désirs et tes valeurs. Cela exige l'acceptation de ce que tu es, libérée de tout sentiment de haine, de convoitise ou de rancune. Car un cœur empli d'amertume est un cœur vide d'amour, Léa. Et durant cette vie née du hasard, favorise tes émotions, car elles seront la seule richesse que tu emporteras avec toi. Nous n'avons qu'une vie, Léa, une seule, elle est unique et nous n'avons pas le droit de nous tromper. Rappelle-toi ce que je vous disais quand vous étiez enfants, Léa ! Applique-toi, comme l'artiste peintre sur son chevalet ou comme ce grand chef qui se lève à l'aube.

– Dis-moi maman, comment pardonner sans cautionncr ?

– Il n'est pas question de cautionner, Léa, mais bien d'apaiser ta douleur et de l'accepter telle qu'elle est, de l'identifier afin de la vider de sa substance. Alors seulement tu pourras profiter pleinement du bonheur. »

Doriane

Maman, en apparence, semblait supporter mieux que moi le poids de notre secret. À cette époque, je ne voyais pas le mal profond et sournois qui la rongeait. Pour se protéger, pour nous protéger, elle affichait, malgré ces événements, un comportement positif devant les injustices dont elle était victime. Elle qui n'attendait de la vie qu'un peu d'amour et de bonheur à partager avec les siens prenait sur elle. Seule la petite Victoria, chétive et plus souvent malade que les autres, souffrait du manque d'attention de notre mère. En revanche, Delphine, dernière arrivée dont elle eut à s'occuper durant cette même période, égaya par son sourire les jours tristes de maman.

Par pudeur, afin de l'épargner, jamais je n'abordais le sujet de mon mal-être avec elle. Et ce silence pesait sur mes épaules comme une masse inerte. Mon organisme refusait toujours de grandir. J'avais imaginé que le passé ne reviendrait jamais me faire souffrir, et pourtant, je me débattais toujours avec ses effets. Dans le but de soulager ma mère, je devins une seconde petite maman pour ma petite sœur. Je lui donnais ses bains et ses panades de fruits quand je n'étais pas à l'école, la couvrais des baisers que je ne pouvais plus donner à mon père, reportais inconsciemment sur elle une part de tout cet amour dont je ne savais que faire.

Un jour, un événement sportif « planétaire » me sortit de mon isolement. Une rétrospective des Jeux olympiques de Mexico ! Je ne pouvais détacher mon regard de l'écran. Attentive, je regardais défiler les nageurs : ils s'alignèrent face à leur ligne d'eau, concentrés, brillants sous les projecteurs, prêts à plonger pour défendre les couleurs de leur pays.

Ce sport avait quelque chose de magique : il se pratiquait dans l'eau ; j'aimais l'eau. Elle nettoyait les corps et les maisons, brillait au soleil, nous réchauffait l'hiver et nous rafraîchissait l'été. Elle avait la couleur des yeux de ma mère et je ne me sentais jamais aussi bien que dans cet élément. Le sport, lui, m'offrait d'échapper à la réalité et de dissoudre dans l'effort physique toutes mes angoisses résultant du passé. Une alliance des deux allait enfin endiguer la douleur sourde qui me rongeait depuis si longtemps. Devant n'importe quel challenge, je me sentais vivre. Naquit en moi un désir incompressible de devenir quelqu'un d'autre. Je veux dire, quelqu'un.

« Un jour, je serai championne », dis-je sans réfléchir.

Victoria, assise à côté de moi sur le divan, éclata de son rire cristallin et me fit exploser à mon tour. J'avais entendu parler de Patsy Van Poucke et Carla Galle, deux grandes championnes belges faisant l'admiration de tous. Je les enviais et rêvais secrètement de faire partie de leur monde : celui des athlètes, sain et rassurant, aux antipodes du mien dont le délabrement familial faisait de nous ces gens différents.

Maman essaya en vain de me dissuader de m'investir dans un sport qui me demanderait beaucoup de temps et d'énergie. Elle avait, disait-elle, besoin de moi à la maison pour l'aider aux tâches ménagères. Par ailleurs, elle souhaitait que je réussisse mes études, pour prendre ma revanche sur la vie qui ne m'avait pas vraiment souri jusque-là. Elle avait entendu parler de ces petites victimes d'inceste ayant fini leur existence dans une misère intellectuelle et une condition physique dramatique, car elles n'avaient jamais trouvé le moyen de guérir de leur mal. Elle craignait un pareil destin pour sa fille et veillait donc attentivement à mon évolution.

Mon père, lui, n'osa me refuser l'inscription. Je me rendis donc trois fois par semaine à vélo au tout nouveau bassin de natation situé à deux kilomètres de notre maison pour suivre les entraînements donnés par monsieur Frédéric, directeur des lieux et entraîneur bien connu pour sa sévérité et sa rigidité. Une musculature approchant l'exception – selon les résultats de tests réalisés au centre de recherche de Liège – ainsi que ma détermination et mon courage me permirent de dépasser mes limites et de faire progresser mes résultats pour me propulser, en moins d'un an, au niveau des meilleures nageuses de la région. Chaque semaine, un article relatait mes résultats dans la presse locale, parfois même agrémenté d'une photo de petite naïade au sourire éclatant. Je ressuscitais grâce à ce sport exigeant qui me permit de donner le meilleur de moi-même, transformant le petit animal blessé que j'étais en une jeune fille déterminée, volontaire et tellement mieux dans sa peau.

Maman sembla heureuse de me voir ainsi cicatriser mes blessures avec un tel panache. Il régnait au club une ambiance extraordinaire, où nous acceptions les dures exigences de ce sport en échange de résultats encourageants et de moments d'exceptionnelle camaraderie. De trois entraînements par semaine, j'étais passée à quatre puis cinq, pour très vite nager tous les jours, dans le groupe « Un », celui de l'élite du club.

Dans chaque cinéma digne de ce nom, la coccinelle de Walt Disney faisait un tabac et gagnait toutes ses courses. Je gagnais toutes les miennes : mes amis nageurs me surnommèrent donc tout naturellement « Choupette », du nom de cette superbe machine germano-américaine si sympathique. Cette reconnaissance me plaisait : ce fut le début d'une nouvelle vie, de ma nouvelle vie. J'oubliais Dorane.

Je trouvai au club une famille de substitution, non pas que la mienne ne me plût pas – à l'exception de mon père –, mais j'avais besoin de respirer un autre air que celui du désespoir. Ma mère sombrait doucement dans une infinie tristesse. Je compris que rien ne pourrait l'aider dans cette épreuve insurmontable. Rien excepté, peut-être ma propre réussite.

Léa

Quand ma mère se réinstalle dans le fauteuil rouge, je me trouve en salle de rééducation avec un jeune kiné aussi sympathique que beau garçon. Il doit avoir l'âge de mon fils aîné, guère plus. Mes enfants me manquent. Je sais que je me trouve maintenant dans la dernière ligne droite avant mon retour parmi eux et j'ai hâte d'y être. Cela fait exactement un mois que j'ai eu mon accident et, même si le temps s'est écoulé dans une sorte de vide étrange, jamais auparavant je n'avais laissé passer plus de vingt-quatre heures sans un contact avec mes enfants. Dans cette salle d'exercices, je prends conscience que, quelle que soit ma réussite professionnelle, ma famille représente ma plus belle réussite. Et cette réussite-là, je n'ignore pas que je la dois à ma mère et à ma grand-mère.

Doriane

1970.

Matin et soir, j'enfilais des longueurs de bassin à un rythme effréné, sous l'œil critique et autoritaire de monsieur Frédéric, qui, chrono en main, n'hésitait pas à nous imposer des centaines de mètres supplémentaires si nous n'atteignions pas un certain niveau de résultat. Je nageais maintenant plusieurs kilomètres tous les jours, contre la montre, la rage au ventre, me faisant violence et trouvant grâce à ce sport exigeant, au prix d'efforts surhumains, le moyen de laver mon corps et mon âme des empreintes laissées par la bête quelques années auparavant.

J'arrivais à voir mon père comme un être humain et non plus comme un animal. La résilience m'apportait une nouvelle dimension et m'aidait à vivre avec cette blessure indélébile, qui faisait désormais partie de moi. Je me nourrissais de sa substance pour grandir : elle me fortifiait. Finalement, je vivais grâce à elle. Je transcendais les conséquences de ce mal incurable en une force intérieure surdimensionnée et j'avançais. Forte de mes deux noms, je choisissais de profiter de ces deux faces de ma personnalité, abandonnant l'échec à l'une, tandis que l'autre se renforçait de mes succès à la vitesse de l'éclair.

Malgré cela, je le détestais de me priver du bonheur de l'aimer. Nous vivions ensemble sous le même toit, mais n'avions plus aucun moyen de communiquer, les données d'origine étant falsifiées à tout jamais. Il avait étouffé dans son giron mon cœur d'enfant alors gonflé d'amour pour lui, ce qui en aggravait la cassure, et j'en ressentais tous les jours la douleur lancinante insupportable. Son sang coulait dans mes veines, gorgé de ma honte et de son venin. Un enfant qui grandit développe les qualités qu'il trouve dans les yeux de son père. Moi, les yeux de mon père, je ne pouvais plus les regarder sans y voir le mal. Je me tournai donc vers ceux de maman pour y chercher mon avenir.

Qu'il était loin, ce temps où je ne savais qui de mon père ou de ma mère je préférais.

De difficultés financières en problèmes d'argent, nous eûmes de plus en plus de mal à lier les deux bouts. Les fins de mois laissaient souvent la viande sur l'étal du boucher plutôt que dans notre assiette. Peu importe, il régnait à la maison une ambiance un peu meilleure. Mon père était plus calme depuis que maman le tenait avec une sorte de chantage tacite, finalement bénéfique pour tout le reste de la famille. La natation était en train de faire de moi une petite star dans la ville. On m'abordait régulièrement dans la rue, on me reconnaissait, et cette popularité était assez enivrante. Même si elle n'était que locale, cela faisait tout de même plaisir. Les autres ne me voyaient plus comme « la petite Hector », mais comme Doriane Hector, la nageuse, Choupette, la championne.

Cependant, malgré mes quatorze ans, mon corps refusait toujours de s'épanouir. Obstinément, il demeurait celui d'un enfant.

Un an plus tard, maman mit au monde notre dernier petit frère, mon filleul Antoine. Ce fut un choc. Je compris difficilement comment elle avait pu continuer à entretenir une relation intime avec ce mari incestueux. J'avais imaginé qu'elle restait avec lui parce qu'elle n'avait eu aucune autre solution. Mais voilà que le fruit d'un amour avec le monstre venait de sortir de son ventre. Maman me jura qu'il s'agissait d'un accident. Elle qui ne consommait jamais d'alcool avait bu quelques verres lors d'une fête organisée à la cafétéria de la piscine et lui avait cédé...

Je la crus pour continuer de l'aimer, car ma vie sans elle n'aurait eu aucun sens. J'avais besoin de son amour pour grandir et c'était le prix à payer pour le garder intact. Et puis, n'étais-je pas responsable de la tristesse dans laquelle elle était engloutie depuis ce jour où j'avais parlé ?

D'excellents résultats en natation commencèrent à tomber. J'allais avoir quinze ans et comptais maintenant plusieurs titres de championne régionale à mon actif. Rien ne pouvait me résister. J'étais emportée par ce tourbillon de la réussite, laissant derrière moi ces eaux troubles dans lesquelles je m'étais débattue si longtemps.

J'aimais apprendre, mais j'aimais également jouir de la vie. Je profitais de l'ambiance de chahut que les garçons de ma classe imposaient aux cours pour rigoler et me moquer des professeurs qui n'appréciaient pas toujours mon attitude ni mon humour. Faisant souvent l'attraction pour le plaisir de tous mes copains, je devenais une sorte de petit clown en apparence bien dans sa peau.

Je grandissais et me libérais de mes secrets, neutralisant ma différence afin de moins la ressentir. Je devenais une boulimique de la vie et du plaisir. J'avançais à un rythme effréné, construisant ma personnalité au gré de nouvelles expériences, accumulant les activités tantôt sportives, tantôt culturelles, et ne comptant plus les amis avec lesquels je les partageais. J'étais heureuse, bien entourée, mais encore très loin du bonheur qui m'attendait au café Le Black and White où je passais de plus en plus de temps en compagnie de mes camarades d'école buissonnière.

« Maman, où se trouve Alexandre ?

– Il est rentré chez vous pour s'occuper des filles. Tu sais, Léa, elles sont encore jeunes, elles ont besoin de lui.

– Je sais, maman, je sais. Mais moi aussi j'ai besoin de lui. Plus qu'il ne pense. Je crois qu'il s'imagine que je n'ai besoin de personne parce que je suis indépendante, que je gagne bien ma vie, mais c'est faux, maman : j'ai besoin des autres, de ceux que j'aime. J'ai fait une erreur en pensant que l'argent nous permettrait de vivre heureux. Tu te souviens quand, enfant, je regardais les maisons de riches sur la colline de l'autre côté de la ville, j'imaginais qu'ils étaient plus épanouis que nous. Eh bien, aujourd'hui, je réalise à quel point nous étions chanceux de t'avoir toi, maman, même s'il y avait mon père et sa violence : il y avait toi et nous. Un tel bonheur n'a pas de prix. »

Marie sourit. Enfin.

Louis

Ce n’est pas possible, cette enfant parle de ses succès de nageuse. Comme Sandra, elle a remporté plusieurs titres. Comme Sandra, elle a nagé au club de natation de la ville. Comme Sandra, son entraîneur s’appelait monsieur Frédéric. « Mon Dieu, mais qui est cette fille dont je ne sais rien et qui me semble si familière. Qui est-elle ? » La question le hante. Il est maintenant près de minuit, et il sait qu’il ne trouvera le sommeil qu’à l’instant où il saura qui est cette enfant. Le plus insupportable pour lui est qu’il va peut-être quitter ce monde sans avoir la réponse.

Doriane

Juin 1972.

Je l'aperçus dans le fond du café, appuyé au flipper, buvant un Coca avec un copain dont j'apprendrais plus tard qu'il s'appelait Marc. Cet estaminet sentait bon la bière et la cigarette froide. Même si je n'en consommais jamais – de bière ni de cigarettes –, j'aimais en respirer les effluves, parfums de la liberté que je prenais sur mes obligations d'étudiante. Les exigences scolaires, en plus de celles que m'imposait mon sport de haut niveau, m'oppressaient parfois et, de surcroît, je trouvais dans ces réunions interdites une excellente alternative à mes secrètes angoisses. Tout ce qui était défendu était sollicité, tout ce qui était recommandé devenait tabou. Chacun cultivant sa différence, je pouvais rejoindre le groupe de mes semblables. J'étais enfin bien dans ma peau. Sans divulguer le lourd secret que je gardais tapi au fond de moi, j'aimais cultiver un certain mystère.

Je guérissais.

Nous étions le 21 juin, date de fin des cours. Ce jour-là, il faisait beau. Le soleil inondait la terrasse où, avec une poignée de jeunes, nous nous gargarisions de nos exploits ou échecs scolaires, c'était selon. Vêtue d'un tee-shirt blanc, d'un jeans délavé, je me sentais d'humeur légère, forte de mon passage en classe supérieure. Le juke-box envoya cette jolie ballade de Michel Fugain, véritable invitation à l'amour : « C'est un beau roman, c'est une belle histoire », assurément prémonitoire de ce qui m'attendait.

Il s'appelait Guillaume. Mon cœur explosa au simple sourire qu'il m'adressa et fit tomber mon regard d'habitude si franc au fond de mes chaussettes multicolores de gamine de quinze ans. Il s'approcha de moi : je pus admirer son corps fin et élancé de plus d'un mètre quatre-vingt-cinq. Quand ses cheveux bruns bouclés frôlèrent ma joue et libérèrent les effluves du patchouli qui les imprégnait, je perdis le contrôle. L'instant fut magique.

J'allais vivre ma première aventure d'adolescente fragile en mal de grandir. Il m'aborda, puis me proposa de nous éloigner du café pour être plus tranquille, à l'abri des regards indiscrets. J'étais terrorisée, mais le suivis sans un mot. Derrière les buissons qui bordaient l'école des garçons située non loin de là, il m'embrassa.

Aussitôt, une partie de moi se raidit. Les plaisirs charnels représentaient le mal qu'avaient incarné les horreurs de mes nuits d'enfance. La peur réapparaissait, implacable. Je risquais de perdre mon premier amour et ne pus m'y résoudre. Je refusai donc de me soumettre à cette terreur. Je pris sur moi sans rien laisser paraître de mon malaise et laissai Guillaume prendre les initiatives. Il guida ma main tremblante à la découverte de nos corps, répondant ainsi à l'appel de nos émotions avec une infinie patience, tellement loin de la violence bestiale qui m'avait été imposée dix ans plus tôt. Si je n'avais pas encore gagné la guerre, je venais toutefois de gagner une bataille sur mon histoire : doucement, mon corps de sportive s'éveilla à de nouvelles sensations, plus douces, plus sensuelles, tellement différentes.

Quelques heures plus tard, Guillaume reprit son train. Moi, le cœur gonflé d'amour, j'embarquai dans le mien, avec un bonheur tout neuf.

Quelques dizaines de kilomètres nous séparaient. Nous n'avions pas le téléphone à la maison et le voyage aurait coûté trop cher à nos bourses d'étudiants. Comme toute adolescente amoureuse, j'envisageais mon avenir proche aussi triste qu'une pluie qui tombe sur une fête champêtre en plein cœur de juillet. Et pourtant ! L'éloignement fut à notre amour ce qu'une ondée est à l'été : il enivra nos sens et fit grandir notre amour puéril.

En dehors des entraînements intensifs en vue des championnats de Belgique programmés fin août, je me languissais de Guillaume et passais mes journées sur le divan que je ne quittais plus afin de vivre plus intensément encore cette douloureuse absence.

Loin de tous, loin de tout, je ressentais chaque parcelle de mon amour vibrer dans ma poitrine et me pliais volontiers à sa loi et à ses implorations. Dans mon isolement, je l'imaginais évoluer, gracieux, entraîné par la voix douce et chaude de Julien Clerc que j'écoutais en boucle des heures durant sur mon vieux tourne-disque. « La Californie », « Ivanovitch », « Cœur volcan » Autant de chansons que je dégustais sans faim et sans aucune limite de l'aube au coucher du soleil.

Le courrier me parvint dans le courant du mois de juillet.

« Mon cœur volcan devenu vieux bat lentement la chamade,

La lave tiède de tes yeux coule dans mes veines malades,

Je pense si souvent à toi que ma raison en chavire,

Comme le feraient des barques bleues et même les plus grands navires. »

Julien Clerc

P.-S. : Je serai aux Vingt-Quatre Heures de Francorchamps à la fin du mois : voyons-nous là-bas, Julien y présentera son dernier spectacle, ce serait formidable de te tenir dans mes bras en l'écoutant.

Guillaume

Lorsque je lus ces quelques vers empruntés à mon idole, suivis de ce post-scriptum en guise de merveilleuse invitation, j'exultai. Ma joie devait être perceptible à l'autre bout de la terre ; il la ressentirait donc forcément.

Chaque cellule, chaque particule microscopique de mon corps, chaque émotion que je ressentais était imprégnée de lui. Mes yeux devenus inutiles n'attendaient que les siens pour voir, mes oreilles n'entendaient que le seul son de sa voix, mes paroles ne s'adressaient qu'à lui, ma peau ne réclamait que sa douceur. Et ses lettres, si romantiques, si pleines de promesses, que j'attendais chaque matin comme on attend la pluie en période de sécheresse, ses merveilleuses lettres suffisaient à elles seules à apaiser la tristesse que cet éloignement m'imposait.

J'étais amoureuse pour la première fois et j'aimais ça.

Je prenais également conscience que cet amour constituait le ciment idéal pour colmater mes fêlures. Maman le voyait aussi : elle s'apaisait de voir sa fille aînée, autrefois abîmée par la vie, capable de s'épanouir dans une relation avec un garçon.

Les deux jours inondés de soleil passés dans les bras de Guillaume resteront inoubliables. Vingt-quatre heures d'amour, d'amour, et encore d'amour. Je rentrai à la maison la tête pleine d'étoiles, mais le cœur lourd car il avait fallu se quitter.

Fugain résonnait à mes oreilles : « C'est un beau roman, c'est une belle histoire… et il rentra chez lui, là-haut vers le brouillard… »

Doriane

Fin août.

Une nouvelle journée commençait sous un soleil de plomb.

« Dorane, Dorane, il arrive, Guillaume est là ! »

Ma petite sœur Pauline, excitée à l'idée de faire enfin sa connaissance, accourut en sautillant dans la cuisine où je terminais mon petit déjeuner en compagnie de maman.

Après l'entraînement, chaque matin, je rentrais vers neuf heures trente, et avalais des céréales et quelques fruits, strict régime de sportive avant une compétition. Moi qui aimais me goinfrer de pain-confiture, j'étais servie ! Maman m'attendait pour partager avec moi ce petit moment d'intimité, mes frères et sœurs étant encore au lit. Car malgré tout l'amour que je leur portais, quelquefois, cette fratrie me pesait. Là, nous pouvions parler librement de choses et d'autres, de ses peines et de mes illusions, loin de toutes oreilles indiscrètes. Je voyais bien que ma mère avait de plus en plus de mal à gérer les tâches ménagères, l'éducation des petits, la gestion des repas depuis que son avenir avait été foudroyé par la révélation. Plus que jamais ce matin-là, la pièce était sens dessus dessous.

À l'annonce de l'arrivée de mon amoureux, je bondis littéralement sur ma chaise. Troublée, je tremblais des pieds et la tête et libérais un flot de paroles désordonnées, que maman avait du mal à comprendre.

Malgré la timidité qu'il m'inspirait, encore, je me jetai dans ses bras, l'embrassai à pleine bouche, le laissant à peine respirer. Il semblait partager mon émotion, ce qui me rassura sur ses sentiments. Manquant encore de confiance en moi, je doutais en permanence qu'un garçon aussi attirant puisse trouver un quelconque intérêt à une adolescente aussi quelconque que moi. Notre relation me semblait irréelle, chimérique, tout droit sortie d'un conte de fées.

Mais Guillaume était là, me souriait et répondait à mes baisers. Il arrivait tout droit d'un festival où il avait assisté à des concerts durant trois jours en compagnie de son ami Éric. Il sentait la fumée de cigarette et la marijuana. Bronzé, le regard fatigué par ces trois jours de concerts ayant dilué davantage le bleu de ses yeux déjà si clairs, il était magnifique. Il m'apprit que, avec son camarade, ils avaient prévu de passer deux nuits au camping communal de notre village.

Ma pauvre mère, elle, eut un choc. Malgré mes descriptions détaillées préalables, elle découvrit un homme certes jeune, sympathique, mais un homme. Pas un de ces adolescents pubères et boutonneux tel qu'elle avait pu l'imaginer. Elle comprit au premier regard que les choses allaient être différentes. Elle masqua difficilement ses inquiétudes derrière un sourire faussement appuyé.

Le soir, lorsque j'aperçus Guillaume attablé à la terrasse de la piscine communale où je m'entraînais, un sentiment de fierté mêlé à une crainte de le décevoir m'envahit. Miraculeusement, la fatigue disparut. Il fallait absolument qu'il m'admire autant que je l'admirais. Je pulvérisai tous mes chronos au point que monsieur Frédéric n'en crut pas ses yeux. L'amour me donnait littéralement des ailes. Je ne nageais plus : je survolais l'eau. Ignorant l'origine de ma forme subite, mon entraîneur me félicita, visiblement heureux d'une telle performance qui augurait, c'était certain, de résultats très prometteurs pour les championnats de Belgique qui arrivaient à grands pas.

La compétition se déroulant cinq jours plus tard, je me trouvais dans la dernière ligne droite avant le grand jour où j'allais enfin récolter le fruit d'un travail acharné de plusieurs années. J'avais hâte d'y être. En attendant ce rendez-vous sportif, le plus important de ma jeune carrière de nageuse, Guillaume et moi passâmes les trois plus merveilleux jours de ma vie d'adolescente enlacés l'un et l'autre, tantôt sous sa tente, tantôt dans les champs de blé, tantôt dans les bois que nous croisions sur notre route. Nous laissâmes libre cours à nos sentiments, sans toutefois dépasser les limites que m'avait imposées maman et sa sacro-sainte morale catholico-chrétienne.

« Attention, tu es encore beaucoup trop jeune pour ça, Dorane…

– Je sais, maman, je sais, je te promets ! »

Je n'eus cependant aucune difficulté à respecter ma parole. Je me réfugiai même derrière cette promesse pour repousser ce moment qu'il me terrorisait d'atteindre. Si la fusion de deux corps représentait pour moi l'aboutissement des caresses auxquelles nous nous livrions avec pudeur, tendresse et respect, cela me ramenait également à cette déchirure de mon passé. Intelligent, intuitif, patient et doux comme les sentiments qu'il éprouvait, Guillaume ne dépassa jamais les frontières de mes désirs ni de mes peurs profondes. Je grandissais en confiance grâce à ce merveilleux chevalier des temps modernes.

Marie

Elle a besoin d'air. Depuis l'entrée de Léa dans cet hôpital, elle n'a plus mis le nez dehors et constate que son teint est plus transparent que jamais. Durant sa longue vie, à aucun moment, malgré les difficultés, elle n'avait présenté un visage aussi blafard. Elle décide donc de laisser sa fille avec son beau-fils et se rend dans le parc arboré qui jouxte l'hôpital. Sous un chêne centenaire, elle s'assied et repense à sa vie et à celle de ses enfants. Un sourire la gagne. Son amour pour eux est resté intact.

Doriane

Quelques jours plus tard.

La voix du speaker domina le brouhaha qui régnait dans tout l'espace du grand bassin. Mon cœur réagit au quart de tour et s'affola dans ma poitrine dilatée par les profondes inspirations censées me procurer le calme nécessaire à une bonne gestion de ma course.

« Première série éliminatoire du cent mètres papillon dames. Doriane Hector, ligne d'eau numéro six ! »

J'y étais, enfin ! Je pouvais même espérer une place en finale. Tout le gratin national était présent pour cette épreuve en sept séries, considérée, avec le cent mètres crawl messieurs, comme la course reine de ces championnats de Belgique.

Quand je sortis la tête de l'eau, je compris aussitôt que j'avais réalisé une belle performance. Première de ma série éliminatoire ! Je n'y croyais pas. Monsieur Frédéric m'attendait sur le bord du bassin. Il rayonnait. Lui, d'habitude si froid, se laissait aller à une joie dont je l'ignorais capable. Je mesurai alors toute l'ampleur de mon exploit : j'allais non seulement nager la finale, mais, au vu du temps réalisé, j'allais le faire à une place d'honneur.

La météo annonçait grand beau temps pour le lendemain. « Tu as toutes les qualités nécessaires, tu en es capable… Saisis ta chance », disait Monsieur Frédéric.

Ayant toujours pensé qu'il m'était interdit, je fuyais le bonheur. J'étais persuadée qu'il était réservé aux autres, uniquement à eux. Mais le cœur gonflé à bloc, je décidai de suivre son conseil à la lettre. Je ne valais pas moins que les autres : il m'avait placée à leur niveau, balayant ainsi tous ces complexes d'infériorité. J'entrais dans la cour des grands et je devais absolument être à la hauteur. J'étais prête à me lancer.

Mes parents n'avaient pu m'accompagner cette fois non plus en raison de leurs difficultés financières : j'étais la seule nageuse du club dont la mère et le père restaient à la maison les jours de compétition. J'en ressentais une réelle frustration, mais maman m'avait appris qu'il ne servait à rien de se plaindre. J'avais mes deux bras et mes deux jambes, et ils fonctionnaient plutôt bien !

Toute la famille regroupée dans le salon suivit donc la course à la télévision : leur joie explosa en découvrant ma place en finale. Leur surprise fut d'autant plus grande qu'ils ignoraient mon exploit lors des séries éliminatoires avant de me voir prendre place devant le couloir numéro trois – toujours attribué à l'un des trois meilleurs temps des demi-finales.

Il n'y eut aucun faux départ. Un coup de feu et nous plongeâmes toutes les huit avec la précision d'horlogers suisses. Nous voulions prouver à tous les Belges notre fierté pour notre pays.

« Vas-y, Choupette ! Vas-y, tu es la meilleure ! » hurlait mon père en tapant des poings sur les accoudoirs.

Le monstre était heureux.

Il était fier, et son orgueil se nourrissait de mon exploit. Grâce à loi du silence imposé à toute la famille, il vivait en toute impunité chaque joie de la vie et, comble de tout, c'était moi, sa victime, qui lui offrait ce bonheur qu'il ne méritait pas.

Je compris ce jour-là que les êtres humains sont capables de renier l'évidence à tel point qu'elle finit par disparaître entièrement de leur conscience. Mon père la refoulait dans un sombre recoin de sa raison pour garder bonne conscience et profiter de la vie.

Maman pleurait elle aussi, de joie cette fois. La fièvre avait envahi toute la maisonnée, qui exulta au moment où je touchai le mur au terme d'une course parfaite. La confiance, la volonté, le courage et l'amour m'avaient portée dans cette finale.

En montant sur le podium, je pensai à maman, à qui je rendais, en ce moment d'extase particulière, une partie du bonheur que je lui avais volé le 10 février 1969 ; à mes frères et sœurs, mes amis, pour qui j'allais briller. Enfin.

Avec cette médaille, je lavais la souillure de la bête, ainsi que les traces de ma différence : un pays tout entier en était le témoin.

Ce jour-là, je n'eus pas peur. Sur ce podium, devenue légère comme le vent, je sentis doucement s'éloigner le spectre de cette terreur qui fut la mienne et qui m'avait si longtemps collé à la peau. De chrysalide, j'étais devenue papillon, je relevais enfin la tête et celle de tous les miens ; j'étais fière et heureuse. « Oui, c'est certain, aujourd'hui est vraiment un beau jour ! »

Marie

Elle avait oublié que l'on pouvait ressentir un tel bonheur quand l'un de ses enfants réalisait un exploit. Elle remercie intérieurement Léa pour tous les efforts qui ont fait de sa vie une réussite. Jamais, lorsqu'elle était enfant, Léa n'avait cédé au découragement ni à la faiblesse. Sportive et volontaire, elle avait fait la fierté de sa famille et principalement la sienne. Surtout ce jour où, portée par son courage, elle lui avait fait ce merveilleux cadeau.

Doriane

Le réveil déchira d'un joyeux carillon le calme absolu régnant dans ma chambre à coucher en ce jour de rentrée scolaire. Après cet été riche en événements réparateurs de mes douleurs d'enfant, le temps était venu de reprendre le cours de ma vie d'étudiante. Je vais bientôt avoir seize ans.

Je pressais le pas pour arriver à temps à la station de train. J'enjambai avec enthousiasme le marchepied d'un bond et montai sur la plate-forme. Sans trop de difficultés, je trouvai refuge dans le wagon de queue, côté fenêtre, juste en face d'un employé de bureau au teint gris comme un costume. Il semblait ne pas comprendre qu'une rentrée scolaire puisse réjouir de la sorte une jeune fille de mon âge. Et pour cause, cet homme ignorait tout de mon bonheur de retrouver Guillaume.

La revanche que j'avais offerte à tous les miens grâce à ma victoire aux championnats de Belgique m'apportait une magnifique récompense, mais, aussi, une belle notoriété. Fière de moi, je m'efforçais toutefois de garder la tête froide. Paradoxalement, j'avais encore beaucoup de mal à contenir une sorte de honte mêlée à la crainte d'être découverte comme une victime d'inceste.

Faire l'école buissonnière me sembla une bonne échappatoire : je retrouvais mes amis dans les fumées de cigarettes et les odeurs de bière froide qui enivraient mes jours de doute. Dès qu'il le pouvait, Guillaume me rejoignait.

Malgré cela, durant l'année 1973, je montais sur la plus haute marche du podium lors des championnats de Belgique pour jeunes : je réalisais le plus bel exploit de ma carrière de nageuse, repoussant à la deuxième place la tenante du titre. Si ma popularité grandissait, elle ne suffisait plus à justifier toutes ces privations que ce sport olympique exigeait de moi.

Tout naturellement, ma détermination et mon plaisir de nager s'essoufflèrent dans ce vent de curiosité qui me portait vers d'autres activités.

Afin de me rapprocher plus encore de mon amoureux, je m'inscrivis au même cours d'art dramatique que lui. Force est d'admettre que j'étais meilleure dans un bassin que sur les planches. Mais qu'importe, sur les planches, il y avait Guillaume. Et cela suffisait amplement.

À la maison, maman semblait plus sereine, sans doute parce que je l'étais moi-même, et mon père avait abandonné sa violence et son autoritarisme au profit d'un comportement plus agréable. Il était aimable à défaut d'être gentil.

De leur côté, mes frères ne semblaient pas faits pour les études. Laurent fut envoyé dans les rangs de l'armée belge pour y effectuer son service militaire ; Pierre, dispensé d'armée, fut contraint à un apprentissage d'électricité automobile, alors que François dut prendre un travail pénible à la chaîne dans une usine de la région. Mais grâce à sa générosité, ce fut pour notre famille le début d'une ère nouvelle. Chaque deuxième jour du mois, sans se plaindre, il remettait tout son salaire à maman.

Arriva l'automne. Ma saison ! Celle des couleurs vives et chaudes. Celle de ma passion avec Guillaume, que je vivais avec la candeur d'une jeune fille de seize ans, dominée par ces sentiments. Tout prenait la couleur de ce premier amour. J'étais heureuse.

Pourtant, l'arrivée de l'hiver, de la neige et de ses frimas balayèrent notre été indien. Des vents violents emportèrent tout sur leur passage : lettres de feu, regards tendres et mots d'amour. Mon amoureux se tournait vers une autre belle à aimer, un nouvel avenir sans moi, alors que je pleurais sans détours son amour en fuite. Le printemps vit donc la triste fin de notre belle histoire.

Les mois qui suivirent cernèrent ma vie d'un calme absolu. Mon père m'interdisait toute sortie en soirée, prétextant qu'il fallait me consacrer uniquement à la natation. Moi j'avais surtout envie de m'amuser. Finalement, sous l'influence de maman, il m'autorisa, à contrecœur, quelques sorties à de médiocres bals de villages où de vieux édentés valsaient comme à Vienne entre les jerks endiablés et les slows langoureux des jeunes gens de mon âge. J'y rencontrai Christophe. Très rapidement amoureux de moi, il désira beaucoup plus que ce que je ne pouvais lui offrir. Il me précisa sur un ton solennel qu'il fallait se rendre à l'évidence : si notre histoire continuait, nous allions avoir une « relation sexuelle ». C'était, selon lui, inévitable. Grave erreur. Je n'étais pas prête pour cela, et encore moins avec lui. Je n'éprouvais aucune attirance physique pour ce téméraire ambitieux, et c'est alors que je compris : la vie n'allait pas être simple pour moi, la sexualité ne m'intéressait absolument pas.

Sans plus de préambule, je mis un terme à cette histoire et repris ma liberté.

Marie

Elle sourit. Elle se souvient avec plaisir de cette douce époque. Sa fille invitait à la maison toute une bande de jeunes gens enthousiastes et sympathiques qui réchauffaient de leur gaîté sa demeure et son univers dévasté. Grâce à sa fille, à sa jeunesse, à cette fraîcheur puérile, Marie reprenait doucement goût à la vie. Rien ne la rassurait plus que le bonheur de Léa.

Louis

Il profite de sa solitude pour respirer l'air frais qu'un vent léger souffle sur la terrasse de sa chambre d'hôtel. Depuis quelques jours, il se trouve au bord de la mer du Nord, entre buildings et luxueuses villas flamandes. Toutes ses questions lui minent le moral. L'appétit lui manque, il est trop seul et le malaise trop grand, trop lourd. Il n'arrive pas à profiter de ce que la côte belge lui offre. Alors, malgré son manque d'envie de revoir Madeleine, dépité, il décide de rentrer chez lui. Rien n'a plus d'importance que de savoir qui est cette Doriane H.

Léa

« Aujourd'hui, c'est l'anniversaire d'Alexandre, maman, il faut qu'il vienne afin que je l'embrasse.

– Tu sais qu'il est fort occupé ces derniers jours. Les filles et la maison à tenir, en plus de son travail, ce n'est pas facile, tu sais.

– Mais enfin, maman, que se passe-t-il, pourquoi Alexandre refuse-t-il de me voir ?

– Léa, essaie de comprendre, la vie est très compliquée pour lui. Cela fait plus d'un mois que tu es à l'hôpital, qu'il te soutient, mais il fallait qu'il reprenne une vie normale pour vos enfants. Rassure-toi, il sera là ce week-end. En attendant, il faudra te contenter de ta vieille mère, ma fille ! »

Doriane

Ma jeunesse s'écoulait sans heurts. Mais c'est mon amitié avec Pattu qui m'apporta le plus de joie. Le samedi soir, lorsque mon planning de compétitions me le permettait, nous sortions retrouver nos amis dans les dancing de la ville. Aucune résurgence de mes douleurs enfouies : j'aspirais au bonheur. Je m'enrichissais aussi d'influences venues d'autres horizons : spectacles, concerts, quand mon père m'y autorisait. Régulièrement, je me faufilais jusqu'au café situé derrière le théâtre où nous espérions, mes copains et moi, croiser Pierre Rapsat et son groupe. Le patron organisait des concerts rock dans l'arrière-salle : l'endroit était fantastique ! Dans ces sortes de catacombes enfouies sous des caves voûtées, je respirais l'air de la jeunesse patchouli des années 1970, j'usais mes fonds de Levi's et acérais ma rébellion contre l'humanité rigide et incompréhensive de nos pères. Nous étions révoltés contre la guerre au Viêt-Nam qui n'en finissait pas de tuer au napalm des enfants innocents, contre le bloc de l'Est qui avait érigé un mur injurieux pour l'humanité, contre le racisme, le capitalisme, les injustices sociales, l'intolérance…

Chaque jour, des images d'une violence insoutenable, diffusées à la télé, nous reprochaient notre bonheur et notre indolence. Alors, pour soutenir toutes ces luttes, la fleur aux dents, nous levions de concert un poing serré et pacifique en criant au scandale. Mais personne ne nous entendait. Le Che, depuis son exécution en 1967, nous inspirait. Nous voulions tous faire l'amour et pas la guerre et, surtout, la nique aux autorités qui faisaient respecter l'ordre tout en continuant à fermer les yeux sur la misère et les injustices. Vêtue d'une veste de bouc fleurant bon les pâturages irlandais, je m'affublais de petites lunettes rondes et bouclais mes cheveux pour m'identifier aux idoles qui couvraient les murs de ma chambre à coucher. Le fantôme de Guillaume s'éloignait de mes nuits devenues plus paisibles. Il avait quitté l'école des garçons et travaillait dans un club de voyage. Enfin il réalisait son rêve : voyager, rencontrer des gens, découvrir le monde. Il devait être heureux : forcément.

Le printemps arriva de nouveau.

En entrant dans la salle de bal, je l'aperçus tout de suite près du bar, où il se trouvait en grande conversation avec un autre garçon. Ils semblaient beaucoup s'amuser. Il me regarda, me sourit, se tourna vers son ami et, me désignant du menton, lança :

« Tu vois cette fille-là ? Eh bien, c'est la femme de ma vie ! »

Son ami s'esclaffa :

« Oui, c'est ça, et moi je suis Napoléon ! Mais enfin, Adrien, tu n'y connais rien, c'est moi qui intéresse cette fille, toi, tu n'es pas son genre ! »

Ils s'adressèrent à ma camarade :

« Alors Pattu, tu ne nous présentes pas ta copine ? »

J'avais depuis troqué mes petites lunettes rondes et mes bouclettes pour le jeans-tee-shirt, tenue plus appropriée à la sportive que je restais malgré tout. J'eus l'agréable impression que le garçon n'était pas insensible à mon charme naturel. Chaque rencontre est une porte qui s'ouvre sur notre avenir, et celle-ci était béante devant moi. Il me regardait, me souriait, m'intriguait, me captivait.

« Mince, c'est le flirt de mon amie… Pas touche, ma fille, y a d'autres garçons sur la terre ! » Je savais, car elle m'en avait tant parlé, combien Pattu était amoureuse de ce garçon. Fidèle à notre amitié, je me défendais donc de répondre à son sourire. « Re-mince, en plus, il est bourré d'humour ! » Je tournais les talons et fit en sorte de jamais le revoir.

Le temps s'écoula vite, très vite : c'était déjà l'été. Un stage de natation de quarante jours dans le sud de la France me sépara de ma famille. Je me sentais seule. Maman était trop loin de moi, mes petites sœurs me manquaient, le petit Antoine me réclamait pour les bains et les panades, Bobonne et sa tendresse ne me souriaient plus qu'en pensée et mes amis du club batifolaient joyeusement dans les eaux de ma ville natale sans moi. C'était injuste.

La nuit, je souffrais : mes fantômes me tendaient à nouveau des pièges insupportables.

Dans les bassins, je souffrais : j'avais pris du poids et manquais de condition physique pour suivre la cadence de ces sportifs olympiques. Un soir, j'avais surpris l'entraîneur du stage dire à monsieur Frédéric que j'étais finie. Trop lourde dans l'eau, plus assez motivée, trop âgée aussi – je n'avais pourtant pas encore dix-sept ans.

Quand j'arrivais aux championnats de Belgique, je pressentais que ce seraient mes derniers. Impossible de surmonter ma peur de l'échec. Le moral dans les talons au terme de trois jours de souffrance dans la piscine olympique, où les mauvais résultats s'étaient succédé, je rangeai mon maillot de compétition au placard et ne le ressortis plus jamais. La page fut définitivement tournée.

À partir de ce jour-là, je n'intéresserai plus jamais mon père.

Une semaine plus tard, la voiture apparut devant notre maison, juste à hauteur de l'escalier menant au perron de l'entrée.

Assise dans l'herbe, la tête appuyée contre le sapin de la boîte aux lettres, je revivais avec tristesse, pour la énième fois, mon échec aux derniers championnats. Mes amis du club me manquaient, mais, faute de courage, je ne voulais plus mouiller mon maillot. Ma confiance était entamée. Je venais de prendre le premier coup de vieux de ma jeune existence. Comment peut-on être trop âgé à dix-sept-ans ? Quel con, celui-là, me dire que j'étais finie ! N'empêche, en une seconde, il avait éteint la petite flamme qui brûlait en moi depuis plus d'un an et avait rendu possible ma sortie des ténèbres. J'étais infiniment malheureuse.

Un beau garçon à l'épaisse mèche blonde, vêtu d'un pull shetland rouge négligemment jeté sur ses épaules, assis au volant d'une Mini Cooper « vert anglais », m'observait amusé derrière ses Ray-Ban « pilote ». Sans pour autant oser m'aborder.

« Il m'agace, celui-là, qu'est-ce qu'il veut ? » pensais-je en me redressant.

Il insistait, ne perdant pas une seconde de ma moue intriguée, et souriait de me voir tout à coup plus timide que lui. En avançant, je le reconnus.

Mon cœur se mit à cogner plus fort dans ma poitrine.

« Adrien ! Merde alors, que me veut-il ? » Mon regard se brisa net sur le miroir de ses verres.

« Salut, Doriane, ça va depuis la dernière fois ? »

Quel culot ! Au moins quatre mois s'étaient écoulés depuis notre unique rencontre, et le voilà devant moi. Il répéta :

« Ça va depuis la dernière fois ?

– Ben non, pas très fort, répondis-je. J'ai loupé mes championnats de natation, mon père est furieux contre moi et m'a privée de sortie jusqu'à la fin du mois de septembre...

– Ne t'inquiète pas, Doriane, moi j'ai bien raté mes championnats d'Europe de ball trap. »

Je minaudais en jouant l'indifférence :

« Qu'est-ce que c'est, le ball-trap, je n'ai jamais entendu parler de ce sport ? Si c'en est un.

– Mais oui, bien sûr, et même un sport olympique ! »

Tout de suite, il m'impressionna. Passionné par cette discipline dont j'ignorais tout, tel un professeur des écoles, il m'en expliqua les rudiments. Tendue vers le moindre détail, je l'écoutais avec plaisir.

« Bon, il est beau, il a de l'humour, il est doué en sport, et alors ? »

Décidément, ce garçon me plaisait.

On parla. De tout et de rien. Il me fit rire, il me fit du bien.

Lorsqu'il prit congé, maman regarda s'éloigner la petite voiture, qu'il fit rugir de tous ses cardans, probablement pour m'impressionner.

« Qui était-ce, Dorane, tu le connais ? »

Je lui racontai la rencontre au bal, Pattu et son grand amour impossible. Elle sourit :

« Et d'où vient-il, ce garçon si extraordinaire que tu en balbuties d'émotion ?

– De l'autre côté de la colline, maman. »

Elle n'avait pas encore ouvert la bouche que j'avais compris ce qu'elle s'apprêtait à me dire.

« Il n'est pas pour toi, ce garçon, ma fille. Cherche un gars simple, comme nous, ne va pas t'amouracher d'un fils de riches, ils sont différents, ces gens-là, et indifférents. Il va te faire souffrir. Fais attention, ma belle, c'est fragile, un cœur de jeune fille.

– Maman, comment peux-tu dire ça, tu ne le connais même pas ?! Cela ne te ressemble pas.

– Écoute ce que je te dis, Dorane, ce garçon n'est pas pour toi. »

Maman tourna les talons et me laissa seule sur le perron.

Marie

Elle se rend tout à coup compte qu'elle a eu une sacrée chance que sa fille n'en ait fait qu'à sa tête. Alexandre est un mari attentionné et aimant. Loin de cet être prétentieux qu'elle avait imaginé. À cette époque, elle enviait ces « gens d'en haut », comme elle les appelait, et sa réaction aurait pu faire capoter leur rencontre, qui, finalement, s'était avérée plutôt réussie.

Elle aimait ce beau-fils qu'elle avait accepté comme l'un de ses propres enfants. Souvent, lorsqu'il lui arrivait de ne pas comprendre les réactions de Léa, Alexandre lui rendait visite et, sur ses conseils, Marie le voyait repartir le cœur plus léger. Alors, elle se disait que, malgré ses faiblesses, elle avait peut-être été utile à ceux qu'elle aimait.

Louis

Il pense avoir une piste. Depuis quelques jours, un souvenir un peu flou lui revient. Le visage d'une jeune femme qu'il a dû connaître se précise dans sa mémoire et cela le réconforte. Il lui semble se souvenir d'une histoire d'amour avec cette personne. Elle est jolie et fraîche ; sa gaîté n'a d'égal que le sourire qu'elle lui adresse. Peut-il espérer qu'enfin l'histoire, son histoire, lui sera rendue ? Rien n'est moins sûr. En attendant, cette femme lui redonne un peu d'espoir.

Doriane

Il m'attirait. Son sourire, son impatience, son désir me troublaient chaque jour davantage. Je tombais amoureuse du seul garçon qu'il m'était interdit d'aimer et j'allais lui céder parce que mes tripes le réclamaient, mon âme le désirait, ma peau l'attendait et que, surtout, il était essentiel à mon équilibre. Il m'était impossible de résister et de contenir cette envie folle de le voir, de lui parler, de lui plaire, bref d'être avec lui, n'importe où, n'importe quand, n'importe comment. Ce fut bel et bien un terrible coup de foudre, et tout m'obligeait à donner une chance à cet amour qui voulait vivre. On n'est pas sérieux quand on a dix-sept ans.

Dire qu'il changea ma vie est très loin de la vérité. Il ne la changea pas, il la prit entre ses mains et m'en offrit les plus belles années. Honnête et généreux, il transforma mon univers de lutte et de combat quotidien en havre de paix, de bonheur et de plaisir. Ma crainte des hommes se diluait lentement dans la bonté et la gentillesse de ce garçon si parfait. Imaginez ! Tout son amour au service de mon seul bonheur. Enfin presque, car il y avait ma famille si nombreuse à adopter. Et ce ne fut pas simple pour ce garçon d'un autre milieu qui n'avait jamais connu le manque, le froid ou la honte de trouver sa place parmi nous. Comme il avait les pieds enfoncés aussi solidement dans sol que Guillaume avait la tête dans les étoiles, cela me rassura.

Il m'apprivoisa. Le rire détendait les recoins figés de mon âme, alors que mon cœur gonflait de cet amour qu'il y déversait sans compter. Sa bonne humeur m'enveloppait de la tête aux pieds et me donnait le courage nécessaire à affronter mon père lors des repas du soir. Adrien devint mon pilier, mon aile protectrice, mon mentor, mon unique soleil. Chaque moment partagé était pour lui l'occasion de m'apprendre quelque chose de nouveau. Je buvais ses paroles comme l'apôtre celle de Jésus et soumettais de bonne grâce ma foi à son érudition. Maman, de le découvrir simple et gentil, s'attacha à lui, tandis que, de son côté, il découvrait ce qu'était la vie de gens comme nous. Je pressentais qu'Adrien serait le fondateur de mon bonheur futur. Si pour moi un homme libre ne devait jamais se soumettre, j'acceptais volontiers cette dépendance à l'égard de cet amour fort qui grandissait en moi ; car il m'était devenu nécessaire.

J'y puisais la force utile à ma propre transformation et gagnais en sagesse ce que je perdais en liberté. Cela étant, malgré cette dépendance amoureuse, j'arrivais à développer ma propre personnalité, mon autonomie et ma détermination. Animée depuis l'enfance d'une révolte irrépressible et d'un besoin de grandir, je voulais au plus profond de moi gagner un avenir heureux.

Deux mois plus tard, une séparation éprouva notre amour.

Son service militaire fut long et pénible. Beaucoup d'absences, mais également beaucoup de retrouvailles heureuses et réconfortantes. Chacun de ses retours me rassurait sur ses sentiments ; il me revenait plus amoureux qu'il n'était parti.

Au cours de cette première année, nous découvrîmes tous les mystères de la volupté charnelle.

Après sept mois de respect mutuel de nos corps vierges de plaisir, plus maladroit qu'un sacristain, il s'empara de mon innocence avec tant de délicatesse et de crainte que mon corps céda avec douceur. Nous dûmes cependant nous y reprendre plusieurs fois. La peur figeait parfois nos gestes, mais notre candeur rendit notre union belle et magique. Un sourire discret nous délivra de la pression que nous nous étions imposée et soulagea nos corps de la tension qui les soudait toujours l'un à l'autre.

Ce jour-là, il ne frima pas. Je songeais amusée à cette réplique qui avait peut-être dû lui brûler les lèvres, à la manière d'un Jean-Pierre Marielle à Pont-Aven : « Alors, heureuse ? » Non, sa timidité et sa pudeur prirent le pas sur son humour et nous restâmes ainsi blottis un long moment, profitant de cette folle émotion qui nous unissait dans la douceur de notre amour tout neuf ainsi fraîchement consommé.

Ni l'un ni l'autre, nous n'osions aborder le sujet de cet hymen absent. Par respect pour mon passé, il ne chercha pas à en connaître l'histoire ; de mon côté, craignant de le perdre à l'instant où je le gagnais, je tentai de cacher mes larmes.

Exactement comme quand, enfant, la bête me délivrait de son emprise. Il crut que c'était de bonheur. Pour détourner son attention, je lui fis une grande déclaration d'amour dont les mots doivent encore résonner dans sa tête aujourd'hui. Quand le bonheur se dilue ainsi dans la souffrance, il perd forcément de son intensité. Simplement pour vous faire douter de l'avoir mérité.

La peur de le perdre m'avait fait garder le silence quant à mon enfance souillée, et plus le temps passait, plus les mots restaient coincés dans ma gorge. Je ne pouvais lui en parler. Mais que pouvais-je faire ? Comment un garçon aussi sain et honnête qu'Adrien aurait-il accepté que le sang qui coulait dans mes veines ait la couleur du mal ? Je pris la décision de ne rien lui dire et affrontai seule la douleur que ce bonheur m'imposait. Pour préserver ce qui était devenu ce que j'avais de plus cher au monde : notre amour.

J'avais obtenu mon diplôme d'humanités sportives et suivais depuis deux ans avec succès les cours de professeur d'éducation physique dans un institut réputé. Il me restait trois mois de cours à suivre, trois petits mois avant le diplôme. Cette fin d'année scolaire devait consacrer deux ans d'efforts soutenus dans cette institution qui ne me laisserait que d'excellents souvenirs. Mais après une stupide chute sur un trottoir gelé, un plâtre enferma ma jambe droite pendant huit semaines et bouleversa irrémédiablement mon futur. Tous les plans que j'avais méthodiquement élaborés depuis l'adolescence tombaient à l'eau. J'avais planifié mon avenir comme on dessine les plans d'une maison, mais le hasard me rappelait ce jour-là qu'il serait toujours le plus fort.

Les mois qui suivirent furent également pénibles pour Adrien. Lui qui n'avait connu qu'une enfance sans aucune difficulté financière vivait la fin de ses rêves avec la triste mort de l'entreprise familiale et, par conséquent, de son avenir professionnel. À l'âge de vingt-trois ans, sans diplôme, il allait devoir se débrouiller seul et sans l'aide de son père.

« C'est de ma faute, tout ça, je porte malheur !

– Mais tu es folle, Doriane, tu n'as rien à voir là-dedans !

– Si, je porte malheur, je le sais. Avant de me connaître, tout allait bien chez vous, et regarde maintenant, tout va mal ! »

Soudés, nous prîmes la décision d'affronter ensemble cette nouvelle entourloupe de la vie et de ne jamais laisser l'adversité nous séparer ou nous détruire. Une boutique de vêtements pour hommes. Tel était notre projet. Il y avait très peu de concurrence dans notre ville et nous avions tout lieu de croire que l'entreprise allait être fructueuse. Nous entreprîmes donc ensemble, moi dans le plâtre, Adrien sur ses deux pieds, les démarches pour ouvrir ce magasin.

Malheureusement, nous comprîmes très vite qu'il était difficile d'improviser dans les affaires. Et ce qui devait être le début d'une belle histoire s'avéra rapidement une terrible erreur. Les ventes ne couvraient pas les investissements et les frais que nous avions. L'avenir, malgré notre mariage programmé en juillet, s'annonçait plutôt compliqué.

Les rencontres entre nos deux familles pour organiser la cérémonie se passèrent néanmoins avec courtoisie. Mes parents étaient sans le sou, les siens aussi. Cela tombait bien. Il n'y aurait pas de désaccord ni de problèmes puisqu'il faudrait tout régler avec la plus grande réserve. Adrien et moi étions d'accord : afin de ne pas leur mettre le couteau sur la gorge, pas d'excès, pas de folies. Il n'y aurait pas de taxis, pas de champagne, pas de soirée, pas de voyage de noces. Les amis seraient conviés à un cocktail et les familles proches partageraient un buffet froid, préparé par mon oncle et mes frères.

Mon père me proposa son bras. Nous étions une famille normale…

Le passage à la maison communale se déroula avec toute l'émotion qu'une telle occasion fait naître et maman ne put contenir ses larmes. Son regard triste disait déjà combien nous allions lui manquer.

Étrangement, à l'inverse de celles qui suivirent avec Adrien, ce ne fut pas la plus belle journée de ma vie. Je crois que cette notion d'éternité qui liait des époux me fichait la trouille. J'étais jeune, et l'idée que je m'étais faite du couple au travers de l'expérience familiale n'était pas des plus rassurantes. Entendre ma mère répéter à longueurs de journées : « Les hommes, tous les mêmes ! » n'encourageait pas vraiment au mariage. Surtout avec le modèle d'homme que j'avais vu vivre sous notre toit depuis l'enfance.

Le soir, dans la chambre nuptiale, j'eus envie de pleurer. Je compris ce jour-là que, si je voulais garder intact cet amour, il faudrait faire fi de mes désirs profonds et répondre à ceux d'Adrien avec le plus de compassion possible. Il n'aurait pas compris.

Quelques mois plus tard, mon ventre s'arrondit. Je saisis ce moment de béatitude comme le plus beau cadeau que la vie puisse me faire. Je n'ignorais pas que respirer ce bonheur-là relevait du miracle au regard du triste départ pris dans ma petite enfance et savourai l'instant. Maman n'avait-elle pas craint que je ne tourne mal, selon ses propres termes. Je me souviens avoir pleuré en l'entendant. Qu'avait-elle imaginé ? Je l'ignore. Mais cela signifiait qu'elle n'avait pas eu confiance en moi. Comment pouvait-elle s'inquiéter après tant d'efforts fournis durant ma petite enfance ?

Notre petit Maxence naquit en octobre de l'année 1979. Le 8 exactement ! Il faisait un temps magnifique quand nous partîmes à la clinique pour accoucher de cet enfant de l'amour. Je dis « nous », car, lorsqu'il s'agit d'un premier enfant, nous les femmes avons la naïveté de penser que l'homme avec qui nous l'avons conçu va partager notre douleur. C'est donc sans appréhension que j'entrai dans le service « obstétrique et gynécologie » situé au deuxième étage de l'hôpital. Trois heures plus tard, émerveillée et radieuse, j'offris au monde mon enfant, mon amour. Plus beau que le sont tous les nouveau-nés aux yeux de leurs parents éblouis, ce petit homme parfait manifestait déjà sa détermination à travers les cris qu'il poussait lorsqu'il réclamait le sein. Le mien. Je sentis m'investir ce devoir de mère nourricière et protectrice que m'inspirait ce petit être dépendant. Instantanément, j'étais liée par ce serment envers tous les êtres qui sortiraient de mes entrailles. Pour une mère, donner la vie, c'est donner sa vie !

Je rejoins Aragon lorsqu'il dit que la femme est l'avenir de l'homme. Instinctivement, les mères garantissent la pérennité de l'espèce par leur entier dévouement. Elles sauveront le monde de la folie destructrice des hommes parce que, en donnant la vie, elles portent en elles cette responsabilité-là. C'est leur mission. Par la relation que j'avais avec ma mère, j'étais déjà mère avant qu'il naisse ; par sa naissance, je devenais responsable, à tout jamais. Aussi paradoxal que cela puisse paraître, cette situation m'angoissa autant qu'elle me plut. Je l'aimais déjà de l'amour le plus pur et le plus puissant qui soit : l'amour maternel. À quarante-huit heures de vie, il m'était déjà nécessaire !

Dès notre retour à la maison, la vie à trois s'organisa autour de notre amour, j'oubliais dans les couches-culottes et les biberons les problèmes financiers liés à notre commerce, et Adrien se révélait être un père attentif et aimant. Maman retrouvait le sourire et Bobonne devenait l'arrière-grand-mère la plus jeune et la plus affectueuse de la ville. Elle était adorable et toujours adorée. Ma vie tant de fois imaginée et rêvée épousait enfin mon existence réelle.

Un jour, pourtant, il me fallut parler à Adrien. Le petit Maxence dormait paisiblement dans la chambre que nous lui avions décorée de bleu tendre et de beige apaisant, à l'entresol, juste à côté de la nôtre. Nous étions un dimanche matin et l'atmosphère de cette aurore chaude de milieu d'été éveillait nos sens. Malheureusement, les blocages dont j'étais de plus en plus souvent victime agaçaient Adrien. Il ne comprenait pas. Malgré mes efforts pour satisfaire notre bonheur, je sentais que je risquais de le perdre. Je devais lui parler, lui dire ce que j'avais vécu. Absolument.

« Adrien, mon amour, il faut que je te parle de quelque chose… »

Après plusieurs années d'hésitation, il me semblait évident que je lui devais cette vérité qui me consumait et faisait maintenant des ravages considérables sur notre histoire. Cela, je l'avais tant redouté. Résignée, j'avais acceptée de supporter ce fardeau qui faisait partie de moi, mais refusais qu'il s'immisce entre nous au risque de nous séparer. La petite Dorane blessée était toujours là.

Quand, dans une souffrance insupportable, quelques mots choisis s'échappèrent de mes sanglots, désemparée, je mesurai l'ampleur des dégâts. Alors qu'il ne s'attendait absolument pas à une telle révélation, il bondit du lit et se réfugia dans la salle de bain pour évacuer sa douleur et sa rage. Jamais il n'avait imaginé une chose pareille et il lui fallut bien du temps avant d'accepter cette évidence : je n'étais pas celle qu'il croyait avoir épousée.

« Ton père, je vais le tuer pour ce qu'il t'a fait !

– Je t'en supplie, Adrien, reste calme, je n'ai pas tenu le coup jusqu'à présent pour que tu gâches tout aujourd'hui. Nous n'avons pas le choix. Fais-le pour moi et pour ma mère, s'il te plaît. »

Heureusement, il faisait toujours ce que je lui demandais.

Il me serra dans ses bras si fort que je ressentis toute son amertume, mais il apaisa quelque peu cette peur que j'avais de le perdre et qui hantait mes nuits depuis tant d'années. Il me jura sur notre amour que cela ne changerait rien à ses sentiments. Est-ce moi qui changeai ce jour-là, est-ce lui, le saurai-je un jour ? Jamais plus je ne fus aussi sûre de notre amour comme je l'étais encore cinq secondes auparavant. En lui avouant mon terrible secret, j'eus à nouveau l'impression d'en être entaché. Mais je lui devais cette vérité, je n'avais pas eu le choix.

Les mois puis les deux années qui suivirent enfoncèrent notre désarroi dans les profondeurs de notre impuissance à nous sortir de cette situation financière difficile. Le magasin était au bord de la faillite et nous n'arrivions plus à arrêter l'hémorragie. Nous cherchions un repreneur pour éviter le krach, mais personne ne se pressait au portillon. Pour cause, les bilans n'engageaient pas à la confiance !

Je sombrais lentement dans une mélancolie qui frappait autant ma santé physique que mon équilibre mental. J'avais vingt-cinq ans et ne pesais plus que quarante-huit kilos : plus aucun jeans de notre boutique ne pouvait épouser mes formes squelettiques. Il m'arrivait de temps en temps de penser au suicide, mais le visage souriant de Maxence m'en détournait aussi vite. Le serment me rappelait à l'ordre. J'étais mère et ne m'appartenais plus.

Deux ans après l'ouverture de notre magasin, la banque réclama ses dividendes : nous étions dans de sales draps. Décidément, j'avais du mal à croire au bonheur. Il avait pris la sale habitude de s'échapper chaque fois que j'essayais de poser la main dessus.

Louis

Il a perdu le visage de la jeune femme. Un peu comme si elle avait voulu lui envoyer un message du fond de son passé, mais sans, cependant, se dévoiler totalement. Elle lui avait souri et avait disparu dans une sorte de terrifiant bouillard.

Depuis quelque temps, la maladie a repris le dessus. Son état se dégrade et, à présent, Louis refuse tout traitement. Madeleine est maintenant fort préoccupée par l'équilibre psychologique de son mari. Elle n'ignore pas que, s'il veut avoir une chance de guérison, il doit absolument être fort mentalement et surtout suivre à la lettre le traitement qui lui a été prescrit.

Doriane

Au mois d'octobre suivant, je réintégrai la faculté d'éducation physique pour reprendre mes études où je les avais laissées quatre ans plus tôt. Par cette stupide chute à la gare, il m'avait été impossible de me présenter aux examens et mon diplôme m'était passé sous le nez. Aujourd'hui, je reprenais mon existence en mains et respirais un peu, oubliant mes ennuis. Dieu que c'était bon !

En juin, j'obtins mon diplôme : « Agrégée de l'enseignement secondaire inférieur, section éducation physique et biologie ». Impensable. Le destin m'avait entraînée vers ce que je devais devenir. Malgré l'adversité, malgré les déboires, malgré mes origines, malgré la présence de Maxence, je réussis là où mon propre père avait échoué : je fus diplômée. Ma nouvelle vie pouvait enfin commencer.

La seule désolation qui persistait durant cette époque de renouveau et d'exaltation fut l'état de tristesse dans lequel maman demeurait ; le malheur étant qu'on ne peut vivre aux côtés d'une bête immonde sans subir en permanence sa présence dévastatrice. Je percevais la souffrance de ma mère, mais, égoïstement, m'octroyais quelques moments de répit durant lesquels je fermais les yeux pour profiter de ce que la vie m'offrait de meilleur.

Mais un jour, alors que j'allais me coucher, ma sœur Delphine m'appela :

« Allô, Dorane, viens vite, maman n'est pas bien, elle a pris des médicaments et bu de l'alcool, elle est inconsciente et je ne sais pas quoi faire !

– J'arrive, Delphine. Je m'habille et je suis là dans cinq minutes.

– Oui, mais je fais quoi en t'attendant ?

– Papa est déjà couché ?

– Oui.

– Essaye de le réveiller.

– Je n'ose pas Dorane. Il va se fâcher. Il était de très mauvaise humeur aujourd'hui. Je préfère que tu viennes.

– J'arrive, ne t'inquiète pas.

– Est-ce qu'elle va mourir maman ?

– Non, bien sûr que non. Elle dort, c'est tout ! »

Je sentais les tremblements de la voix de Delphine à travers le combiné téléphonique que venait de me tendre Adrien. Elle n'avait pas dix ans et déjà se trouvait confrontée au drame de notre pauvre mère. Adrien alla chercher la voiture garée dans la rue et m'amena chez mes parents dans la foulée. Delphine était à genoux, en pleurs, face à ma mère qui ronflait, la tête relevée en arrière sur le sofa du salon. La petite essayait en vain de la réveiller au moment où j'entrai dans la pièce. Mon père avait ingurgité des tranquillisants et dormait déjà ; mon frère Antoine rêvait depuis longtemps à ce nouveau vélo qu'il attendait avec tant d'impatience : seule la petite veillait sa mère si mal en point.

« Maman, maman, éveille-toi ! Qu'as-tu fait ? Lève-toi, je t'en prie, maman, lève-toi, il ne faut pas que tu dormes, réveille-toi, fais un effort !

– Je ne sais pas, je suis fatiguée, balbutia-t-elle.

– Maman, qu'as-tu pris ? Delphine m'a dit que tu avais avalé des médicaments… Qu'est-ce que tu as pris, maman, je dois savoir ?

– Des Valium, là, dans la boîte.

– Combien, maman, combien en as-tu pris ?

– Je ne sais pas, deux, ou trois, je ne sais pas, Dorane… »

Elle ne pouvait rien dire de cohérent ; je décidai donc qu'elle en avait absorbé beaucoup trop et entrepris de la faire marcher. J'avais vu dans les films que c'était la meilleure chose à faire.

« Adrien, aide-moi, il faut qu'elle marche !, elle ne doit surtout pas dormir. »

Suspendue comme un pantin entre les épaules solides d'Adrien et les miennes, elle fit, quelques pas, pas plus, ouvrit un œil, puis s'affala en pleurs sur le canapé. Nous lui fîmes boire deux tasses de café noir. Puis, lentement, elle émergea de son état comateux.

« Je n'en peux plus, Dorane, avoua-t-elle. Depuis que vous avez quitté la maison, ton père est infernal. Il passe des heures entières, appuyé à la table de la cuisine, à regarder dans le vide, sans dire un mot… Il est fou, Dorane, il me fait peur ! »

Depuis un an, il recevait une pension. Il passait donc des jours entiers à la maison, sans adresser un seul mot à ma mère qui ne savait plus que faire pour échapper à la neurasthénie de son mari.

Ma petite sœur suivait du haut de ses onze ans la conversation avec une infinie tristesse. Maman s'efforçait de cacher son désespoir à ses enfants, elle les protégeait de sa détresse, mais souvent, le soir, se laissait aller. Censée dormir depuis longtemps, la petite Delphine s'était, sans doute par intuition, relevée cette fois-là et avait porté secours à sa maman en danger.

La vie, quelle histoire compliquée ! Les choses allaient mieux pour Adrien et moi, tandis que ma mère étouffait lentement dans l'enfer de son foyer. Mon père avait-il attendu que les aînés aient quitté la maison pour se laisser aller à ses idées noires ? Comment aurais-je pu être heureuse alors que maman souffrait tant ?

Définitivement, plus j'essayais d'atteindre le bonheur, plus il fuyait devant mon désespoir de l'attraper.

Marie

Elle éprouve une certaine honte à la lecture de ces lignes. En effet, elle avait souvent cédé au désespoir dans sa vie, mais son mari n'avait-il pas été odieux ? Qui pourrait aujourd'hui lui en vouloir pour la faiblesse qu'elle avait affichée à l'époque ? Il est certainement facile de critiquer, mais qui aurait survécu à une telle existence ? Une telle violence ? Jamais sa fille ne lui avait fait de reproche. Aurait-elle dû prendre l'initiative de lui parler de son mari ? Elle ne sait pas. Mais fort inquiète et rongée par le remords, elle s'interroge jour et nuit. Trouvera-t-elle un jour le repos ?

Doriane

Le 27 juillet 1983.

C'est vers trois heures du matin que nous débarquâmes à la maternité la plus proche. Sachant à quoi m'attendre, je paniquais sérieusement. Après trois heures de souffrance, à exactement six heures quarante-cinq du matin, notre petit Benjamin, mon nouvel amour vit le jour. Aussi blond que son frère était brun, les yeux clairs comme l'eau fraîche, d'une quiétude de marmotte, il prit le bout de mon sein avec autant de délicatesse que Maxence l'avait aspiré violemment. Ce magnifique bébé me libéra instantanément de la tristesse de n'avoir pas accouché d'une fille. Naïvement, j'avais désiré une petite Clémence, mais, de le voir si fragile et si doux, le bonheur m'envahit tout entière. Je l'aimais déjà d'un amour sans limites. De cet amour maternel indéfectible et puissant que je donnais sans compter à son frère depuis près de quatre ans. Dans l'ignorance, j'avais redouté de n'avoir pas suffisamment d'amour pour un deuxième enfant, je constatais avec bonheur que mon cœur avait grandi pendant les neuf mois passés à l'attendre.

« Dieu merci maman, tu avais raison ! »

Quand mon père passa la porte de ma chambre d'hôpital pour découvrir son nouveau petit-fils et qu'il abîma du regard l'innocence de mon enfant, je compris que jamais, et à tout jamais, je ne pourrais lui pardonner.

Marie

Elle revit instantanément la naissance de Léa. Elle se souvient avec une telle émotion du premier contact avec sa fille tant désirée qu'un frisson la parcourt et l'oblige à se couvrir de son vieux châle. Au même instant, Léa rentre éreintée de sa séance de kiné. Un jeune stagiaire la soutient et le sourire qu'il lui adresse témoigne de sa tendresse envers sa patiente. Les nouvelles techniques de rééducation, principalement le travail dans un bassin d'eau tempérée, font le plus grand bien à Léa. L'eau l'apaise, calme ses douleurs et cela lui permet d'aller au-delà de ce que peuvent réaliser ses muscles atrophiés. Léa sait que l'eau est son alliée, elle l'a toujours été.

« Votre fille est très courageuse, madame, j'ai rarement vu un patient avec autant de détermination. »

Marie le sait.

Léa

À la vue de ma mère ainsi emballée dans le plus vieux châle que la terre ait laissé vieillir, je ne peux réprimer un petit rictus moqueur.

« Allons Maman, quand vas-tu te décider à jeter cette vieillerie à la poubelle ? On voit ta peau au travers !

– Jamais Léa, tu m'entends, jamais. C'est un cadeau de ma mère. Ne me demande pas de m'en séparer !

– C'est bon, j'arrête, je n'insiste pas. Je ne te le demanderai plus. Promis ! Mais dis-moi, maman, qu'est-ce qui t'a troublée, au moment où je suis entrée dans la chambre ? Tu as eu un air bizarre…

– Rien, ma belle, rien du tout. Je repensais à ta naissance. Quel bonheur à cette époque ! Ton père n'avait pas encore, ne t'avais pas encore, enfin… Je sens qu'elle hésite. Tu sais de quoi je veux parler… »

Je suis à mon tour tout à coup fort troublée. Elle me prend au dépourvu et je dois m'asseoir, prise d'un léger vertige. Jamais elle n'avait reparlé de tout cela, et voilà qu'aujourd'hui, après toutes ces années, elle décide de rompre ce silence qui me fut si douloureux.

« Maman, je t'en prie, ne parlons pas de cela maintenant. Tu es fatiguée et je dois dire que je ne suis moi-même pas dans une forme olympique.

Elle se redresse et me regarde fixement.

– Léa, il le faut, je t'en prie. Laisse-moi te demander pardon, je t'en supplie !

– Mais maman, tu n'as pas à t'excuser. Tu as fait ce que tu devais faire, tu n'avais pas le choix.

– Non, j'aurais dû le quitter. En raison de ma faiblesse, car j'ai manqué de courage, Dorane, tu as été obligée de vivre sous le même toit que ce monstre, et je n'ai rien fait pour changer les choses. »

Ses larmes me touchent, me troublent davantage. Elle pleure sur toutes ces années de silence, sur ce silence si pesant et tellement destructeur. Je tente de la rassurer.

« Maman, je t'en prie, je vais bien aujourd'hui.

– Je ne sais pas, Léa, j'ai l'impression d'avoir tout raté. Je n'ai pas su te protéger, je vois bien que les choses ne vont pas si bien entre Alexandre et toi. Je ne suis pas aveugle, tu sais. Et aujourd'hui, je n'arrive plus à contrôler ton frère Antoine, il fait n'importe quoi. Il passe ses nuits dehors alors qu'il est encore si jeune.

– Mais maman, s'il m'arrive de me plaindre d'Alexandre, tu sais bien que je ne pense pas tout ce que je dis. Je l'aime, tu le sais. Mais il est tard, je t'en prie, nous reparlerons demain si tu le désires. Je vais m'occuper d'Antoine, ne t'inquiète pas. Maintenant, j'ai sommeil, je voudrais dormir. Je t'aime, tu sais, je t'aime vraiment beaucoup. Je sais que tu as fait ce qu'il y avait de mieux à faire. Maman, tu n'as rien à te reprocher… »

Ma mère m'embrasse tendrement, me signe à l'aide de son pouce et glisse son livre dans son vieux sac en cuir noir tout ridé. Soulagée du poids de ce fardeau qui courbait son allure depuis tant d'années, elle quitte ma chambre d'un pas plus léger. Quand elle rentrera chez elle, elle aura tant de choses à faire, tant d'âmes à protéger.

Ici, dans la quiétude de cette chambre d'hôpital, elle profite de chaque instant de ma vie. Elle a beau connaître cette histoire, la lire ainsi racontée dans cet ouvrage lui donne un sens tout à fait particulier.

« C'est comme si la vérité des mots donnait vie au néant des non-dits », me dit-elle.

Et elle s'en va.

Doriane

Adrien et moi remboursions nos dettes et élevions nos deux garçons, essayant tant bien que mal de reconstruire notre vie après la tempête qui en avait ravagé les premières années. Je me sentais même au sommet de ma forme, et mon dynamisme n'avait d'égal que la bonne humeur constante que j'affichais, même les jours de pluie. Au travail, je commençais à gagner de l'argent, pas mal d'argent. Les affaires allaient bien. Ma simplicité et ma bonne humeur plaisaient aux clients. Assez vite, je maîtrisai quelques techniques de vente et, portée par ma détermination et mon enthousiasme, récoltai un réel succès auprès d'eux. Enfant, j'avais fait le serment de m'assumer, le moment était venu où je pouvais respecter cette promesse.

Seule véritable ombre au tableau, les trois plus jeunes de notre fratrie et maman souffraient toujours de la violence maladive de mon père. La famille grandissait au rythme des mariages des uns et des autres et, plus les enfants quittaient la maison, plus maman sombrait dans la dépression. Elle prenait des anxiolytiques pour supporter le poids de sa solitude, des somnifères pour s'endormir le soir, des excitants pour tenir éveillée la journée. Delphine et Antoine, qui vivaient encore à la maison, en souffraient.

Depuis plusieurs mois, nous avions également constaté que maman buvait de temps en temps. Inquiète, je souffrais pour elle, mais ne savais que faire pour l'aider. Quand, en pleine nuit, alors que le lendemain je me levais aux aurores pour travailler, elle m'appelait sous l'emprise de la boisson, je perdais patience. Au bout de quelques minutes, après avoir écouté ses doléances, je la renvoyais à son malheur : « Maman, va te coucher, et laisse-moi en faire autant, j'ai du boulot demain, il faut que je sois en forme ! »

Puis je raccrochais le téléphone, détruite, le cœur brisé face au mal-être de ma mère, cherchant le sommeil jusqu'à l'aube, comme quand enfant je priais un Dieu qui n'entendait jamais mes supplications.

Arrivée à un stade de rejet total, je ne supportais plus la vue de mon père, il me répugnait. Ce qui provoqua ma désertion totale du domicile parental. Je ne m'y rendais plus jamais.

Si je me sentais évidemment coupable d'avoir ainsi abandonnée ma mère à ce forcené, je n'avais plus le courage de jouer ce jeu hypocrite. Bobonne, contrairement à moi, continuait à soutenir vaillamment sa fille. Mais, depuis quelque temps, sa santé à elle aussi nous inquiétait : elle perdait du poids sans raison valable. Son médecin prétendait que c'était lié à son âge avancé, mais cela nous semblait étrange. Elle avait toujours eu un appétit d'ogre et voilà qu'elle mangeait comme un oiseau. Ces derniers temps, elle était tombée à deux reprises, victime de malaises. Le docteur ne s'en était pas inquiété.

Maman, fragilisée par les soucis de santé de Bobonne, allait, elle aussi, de plus en plus mal. Mon père, nous ne l'apprîmes que bien plus tard, était devenu complètement dément. Elle échappa plusieurs fois au drame, mais ne nous dit rien de l'enfer de ces nuits sans fin. Elle prenait sur elle pour ne pas troubler le bonheur que j'affichais avec Adrien et j'étais loin d'imaginer que les médicaments qu'ingurgitait sans réserve mon géniteur exacerbaient sa violence autant que sa méchanceté.

« Allo Dorane, c'est moi, Delphine, il faut que tu viennes de suite chez maman, papa et François se sont battus. Maman est en pleurs. J'ai peur. Viens vite, je t'en prie, ne tarde pas. »

À la stupeur que j'affichais, Adrien, inquiet, comprit vite que la soirée venait de prendre fin.

« Il s'est passé quelque chose de grave chez mes parents, Adrien, il faut y aller immédiatement. Delphine est bouleversée et je ne sais pas pourquoi, elle n'a rien pu me dire.

– Comment, quelque chose de grave ? C'est ta maman ?

– Non, mon père est devenu fou. »

En quelques minutes, nous étions sur place. Je vis ma mère effondrée sur une chaise de la cuisine, le visage entre les mains, pleurant comme une enfant. Tout à coup, j'eus l'impression d'être devenue sa mère. Elle me semblait si petite, si fragile.

– Qu'est-ce qui se passe, Maman, qu'est-il arrivé ici ?

– Il a tiré avec son fusil de chasse sur le chat et la pauvre bête s'est sauvée sur la corniche du voisin. Je ne sais pas où il est, il est blessé, regarde, il y a du sang plein la cuisine !

– Et papa, où est-il ?

– Dans le salon. Nous nous sommes battus, alors ton frère est intervenu et lui a envoyé son poing dans la figure. Je crois qu'il lui a cassé le nez.

– Tant mieux, il ne l'a pas volé. Depuis le temps qu'il le méritait... Et François, comment va-t-il ?

– Ton frère est dévasté, il ne se pardonne pas d'avoir frappé son père.

– Mais il a pris ta défense, maman, il n'a rien à se reprocher. Si j'avais été là, j'aurais fait la même chose !

– Je sais, Dorane, tu as raison, mais toi... tu es forte.

– Ne dis plus que je suis forte, je n'ai pas le choix, ce n'est pas la même chose. Je ne suis pas née forte, maman, je le suis devenue. Par sa faute.

C'est un monstre, maman. Et cela fait des années qu'il te fait souffrir. Il faut que cela s'arrête.

– Excuse-moi, Dorane, excuse-moi, je te demande pardon. »

François nous rejoignit dans la cuisine. En effet, il se confondait en excuses. J'avais beau lui dire qu'il avait eu raison, qu'il n'y avait rien d'autre à faire, il regrettait son geste.

Mon père était étendu sur le divan, le nez ensanglanté et le regard aussi vide qu'un tesson de verre blanc. Je ne lui adressai pas la parole, mais ce regard noir que je lui enfonçai suffit à lui dépeindre l'état de colère dans lequel je me trouvais. J'avais envie de lui arracher les yeux, de lui lacérer l'âme comme il avait vidé celle de ma mère. Je le haïssais. C'était mon père et je le haïssais. Avec autant de force que j'avais envie de l'effacer de ma vie, de la triste vie de ma mère et de celle de mes enfants. Je savais que jamais plus je ne lui adresserais la parole, que jamais plus je ne parlerais de lui comme d'un père.

J'avais surmonté toutes les épreuves qu'il m'avait fait endurer, mais celle-ci était de trop. Personne n'avait le droit de s'en prendre à la vie de maman. Et là, je subodorais le danger. Il fallait l'éloigner d'elle au plus vite ou nous allions perdre la chair de notre chair, de notre vie : notre lumière.

Maman me promit de déposer une plainte à la gendarmerie, ce qu'elle fit. Mais elle était à bout de force.

Les gendarmes qui prirent la déposition de Maman saisirent les armes de mon père et l'obligèrent à quitter la maison. Une ordonnance fut levée contre lui et il ne fut plus autorisé à approcher l'immeuble dans un rayon de moins de cent mètres.

Il était parti. Définitivement. Après toutes ces années de souffrance, maman allait enfin vivre en paix.

Doriane

Quelques semaines plus tard.

Un jour j'avais parlé, un jour j'avais détruit. Mais plus maman se détachait de son passé, plus je sentais s'alléger le poids de ma culpabilité.

Un matin, j'attendais que le courage m'aide à prendre le combiné du téléphone mobile installé dans ma voiture. Assise au volant, terrassée par la peur, je fis cependant le numéro de téléphone que je connaissais le mieux : celui de ma mère. Ce matin-là, elle devait recevoir les résultats des examens médicaux que le médecin de famille avait enfin ordonnés pour Bobonne. Elle décrocha en pleurs. À la douleur de sa voix, je compris que les nouvelles allaient me faire mal.

« C'est terrible, Dorane, les résultats sont très mauvais. Bobonne a un cancer de l'estomac.

Je m'en doutais, me dit-elle. Je m'en doutais. Qu'allons-nous faire, Dorane ? »

Je fus forte pour elle, mais en réalité la trouille et le chagrin me tordaient le ventre. Maman pleurait, je pleurais. La relation qui l'unissait à sa mère ressemblait étrangement à celle qui me liait à la mienne. Comme d'habitude, quand les choses tournaient mal, c'était à moi qu'elle s'adressait. Mais je dois reconnaître que j'aimais assez cette aliénation. Malgré l'énergie que cela me demandait, j'aurais souffert qu'elle cherchât ailleurs cette complicité que nous partagions. Étrangement, j'avais depuis l'enfance un besoin viscéral de vivre ses douleurs pour l'en débarrasser.

Doriane

Le 9 février 1992.

« Allo, Laurent, c'est Dorane, comment va maman aujourd'hui, parce qu'hier elle n'était pas très bien.

– Je ne sais pas, je ne l'ai pas encore vue.

– Comment cela ? Elle n'est pas descendue au restaurant ce midi ?

– Non, puisque je te dis que je ne l'ai pas encore vue ! Pourtant, je suis là depuis onze heures. Mais, tu as raison, ce n'est pas normal, d'habitude, à cette heure-ci, elle est déjà là. Je vais monter chez elle et voir ce qui se passe.

– Dépêche-toi, Laurent, hier, elle n'était vraiment pas en forme.

– Oui, je sais et, cette nuit, vers trois heures du matin, elle a eu une indigestion...

– Va vite, Laurent, je t'en prie. »

Une terrible angoisse m'aspira. Le temps me sembla interminable. Nous étions sur la route, et instinctivement je demandai à Adrien d'accélérer un peu. J'avais un horrible pressentiment. Les enfants élevèrent le ton, inquiets à leur tour de me voir agitée de la sorte, surtout Maxence, qui était d'une vigilance stupéfiante en ce qui concernait mes états d'âme. Laurent revint affolé à l'autre bout du fil.

« Maman est bizarre, Dorane, j'ai peur, elle est étendue sur son lit, et j'ai beau la secouer, elle ne réagit pas… Elle est toute raide. Je crois qu'elle est morte, Dorane : j'ai peur.

– Mais non, ce n'est pas possible, tu te trompes, c'est une erreur, elle doit dormir, elle se repose, parce qu'elle est fatiguée. Elle va te répondre, tu vas voir !

– Dorane, je t'assure, elle ne respire plus. Dorane, c'est fini. »

C'était impossible. Maman ne pouvais pas mourir. Je hurlai de douleur.

« Pas elle, mon Dieu, faites qu'elle soit en vie, je vous en supplie ! »

Ma tête semblait vouloir éclater sous l'effet de cette bombe que Laurent venait de lancer par téléphone ; de désespoir, j'envoyai valdinguer le combiné dans le pare-brise de la voiture. Il me brûlait la main. Trop de rage, trop mal, trop d'incompréhension. Je criai ma douleur, ma peur et ma haine de la vie, qui nous oblige à voir partir ceux qu'on aime, pendant les quelques kilomètres qui me séparaient encore de ma mère, sous les yeux de mes fils prostrés sur la banquette arrière. Je savais que je vivais le moment le plus triste de toute mon existence.

Tout avait basculé sans que rien ne puisse jamais me ramener à la seconde d'avant. Avant ce coup de fil, avant la fin de ce qui me restait d'enfance.

« Maman », je répétais ce mot, que je pourrais encore entendre mais jamais plus prononcer, à l'en vider de sa substance. Maman, maman, ma petite maman, qu'as-tu fait ? Pourquoi toi et pas lui ? Pourquoi ? Qui va me protéger maintenant ? Je sais que ce n'est pas ce Dieu auquel tu croyais tant qui t'a prise à nous, mais tu n'en pouvais plus de supporter tant de souffrance. Je t'aime tant, ma petite maman, que j'en ai mal. « Attrape ma main et fais-moi danser ! S'il te plaît, éloigne de notre amour ce malheur qui me fait si mal. »

Quand nous arrivâmes sur place, le gyrophare bleu d'une ambulance tournoyait à en affoler les promeneurs qui passaient sur le trottoir de la maison. C'était donc vrai : une vie s'était éteinte dans cette demeure, un cœur fatigué avait cessé de se battre et c'était celui de ma mère. J'enfilai quatre à quatre les marches qui me séparait encore de sa chambre où deux ambulanciers appelés par mon frère veillaient, impuissants, le corps éteint de ma mère, enroulé dans un vieux châle gris étendu sur son lit à peine défait. Je me jetai sur elle, espérant la réchauffer, la ramener à la vie ; mais je savais que tout était fini.

Les marques bleues sur son visage me confirmèrent que son âme avait déjà quitté son corps, nous avait quittés, nous les témoins de sa vie. Les paroles qu'elle ne prononcerait plus, les sourires qu'elle ne nous adresserait plus, la tendresse qu'elle ne nous donnerait plus me manquaient déjà. Je bousculai violemment le brancardier qui essayait gentiment de me dégager d'elle. Seul me resta entre les mains le châle gris qui l'enveloppait.

En une seconde, je m'écroulai sans force dans les bras d'Adrien et sombrai dans une détresse sans nom, incapable de tenir le coup sans l'aide des drogues que le médecin de famille me prescrivit. Le mariage programmé de Delphine tombait à l'eau, ce qui déchira plus encore le cœur déjà détruit de ma petite sœur.

C'est sous l'influence de ces substances que je traversai la période si douloureuse des veillées, des visites et de la levée du corps. Soudés autour de notre malheur, mes frères, mes sœurs et moi-même pleurâmes la mort de notre mère.

L'église était noire de monde. Nos familles, nos amis, ainsi que toutes nos connaissances étaient réunis afin de partager notre lourde peine. Le souffle coupé, nous vîmes avancer le cercueil dans la nef et prendre la place d'honneur face à une assemblée immobile et muette. Tout ce monde avait tenu à rendre un dernier hommage à maman. Voir tant de personnes unies autour d'elle fut, je l'avoue, une triste récompense.

Tout à coup, l'orgue se mit à jouer si fort un requiem dans l'église que l'émotion qui s'éleva alors de cette foule silencieuse emporta mon courage. Je ne pus arrêter le flux des larmes, puis, soutenue par Adrien et la présence des miens, j'assistai, impuissante, à l'oraison funèbre de ma mère. Les visages amis réconfortèrent par leurs sourires éteints nos cœurs meurtris.

Je voulus lui dire quelque chose, une dernière parole qu'elle aurait entendue parce qu'elle n'avait été qu'amour, mais je n'en eus pas la force. Le vide s'était fait autour de moi, me laissant seule. Une vie d'amour défila alors sous mes yeux : ses messages d'espoir, ses encouragements, son dévouement, ses sourires et sa perpétuelle bonne humeur eurent, pour un instant, raison de mon chagrin. Je pensais si fort à elle que je vis tout à coup son âme s'emparer de ma peine et lui arracher le cœur.

À ce moment précis, je l'aurais volontiers suivie dans la tombe. Mais, serrant dans mes poches la main de mes fils, je sentis vibrer mon cœur de mère : je mesurai l'importance de ménager cette vie qu'elle m'avait donnée et qui leur appartenait, en partie, du moins le temps qu'il faudrait pour en faire des hommes. Cette pensée m'apaisa. L'église embaumait l'encens et le jasmin, odeur forte mêlée de tristesse et de néant qui finit d'achever ma résistance.

La messe terminée, soutenue par Adrien, je suivis le cercueil qui avançait dans l'allée centrale. Cette allée où un jour de juillet 1955 empli de soleil, maman avait fièrement pris le bras de cet homme qui aujourd'hui avait contribué à la faire mourir. Elle le suivrait jusqu'à ce que la mort les sépare, lui avait-elle dit : c'était maintenant.

Sur la place de l'église, une foule anonyme impressionnante attendait. Je ne reconnus pas grand-monde. Au loin, sur le haut de la place, une ambulance emmenait un homme victime d'un malaise. Une heure et demie plus tard, solidaires dans cette épreuve insoutenable, nous regardâmes, mes frères, mes sœurs et moi, ivres de douleur, les flammes de l'incinérateur caresser puis emporter le cercueil d'ébène et notre précieux trésor. Pardon, maman, nous n'eûmes pas le courage d'accéder à ta demande de répandre tes cendres sur la pelouse du cimetière ; nous avions besoin d'une pierre tombale pour nous recueillir. Rien ne pouvait me consoler : elle n'était plus, j'étais de moins en moins.

Bobonne, trop âgée et malade, n'avait pas assisté aux funérailles. Elle avait souffert, soutenue par ma tante, une plus terrible douleur encore : celle de survivre à son enfant.

Encore sous le choc, Delphine nous apprit qu'elle avait surpris, caché comme un voleur derrière un buisson, notre père venu assister à la cérémonie. Mais elle l'avait repoussé loin de notre souffrance. Elle savait que, dans la vie, le partage du malheur se mérite, comme le bonheur…

Au retour du cimetière, nous nous rendîmes au restaurant de mes frères, où nous servîmes une collation aux amis et à la famille qui nous avaient aidé à porter notre croix tout au long de cette journée de calvaire. Ensuite, nous terminâmes chez ma sœur Victoria, qui, le cœur sur la main, avait toujours la gentillesse de réunir sous son toit la famille quand une occasion, bonne ou mauvaise, se présentait. Alors que les uns et les autres l'aidaient à préparer le repas du soir, Pauline m'interpella dans l'entre-porte, à l'écart de nos maris, qui visiblement ne devaient pas entendre ce qu'elle avait à me demander.

« Dorane, je t'en prie, je sais qu'il s'est passé quelque chose de grave dans la famille, dis-moi ce que c'est, maman n'a jamais voulu m'en parler. J'ai besoin de savoir ! »

La violence de sa question me figea sur place, m'interdisant toute réflexion, tout raisonnement. Je vacillai sur mes jambes devenues tout à coup fragiles, et les yeux pleins de larmes, sous l'effet de la surprise et l'emprise d'une douleur insupportable, je lui balançai comme une bombe l'histoire de mon enfance bafouée. Elle s'écroula devant moi, violée à son tour par cette terrible révélation. Je ne savais que faire pour réparer mon erreur. Si j'avais mal, sa peine me transperçait de part en part. Je l'aidai à se relever, la consolai de mon mieux, et nous rejoignîmes nos maris, nos enfants, pour passer la soirée à parler de notre mère, de ses sourires, de ses rires, de sa joie de vivre, de notre bonheur perdu.

Marie

À la lecture de ces terribles lignes, Marie ressent un profond sentiment de tristesse. Elle sait que d'avoir quitté ses enfants si tôt, de les avoir abandonnés, même involontairement, les avait remplis de désespoir. Son enterrement avait été une épreuve pour eux. Les larmes inondent son visage de cire. Elle est soulagée que Léa soit profondément endormie et n'assiste pas à cet instant de faiblesse. Elle se veut forte et solide pour aider sa fille à surmonter ce nouveau coup du sort. Profondément émue, Marie se replonge dans le livre de sa fille.

Alexandre

Il referme le manuscrit que le gendarme a retrouvé dans les décombres du véhicule. Il sait ce qu'il a à faire.

Léa avait perdu le contrôle et tout s'était alors enchaîné très vite. Trop vite. Le choc, d'une violence extrême, avait mis fin à la tristesse provoquée par la trahison de ses dirigeants lors de cette terrible réunion. Ils avaient douté d'elle et elle ne l'avait pas supporté. L'accident en était le tragique résultat.

Aujourd'hui, étendue sur son lit de soins intensifs, Léa n'a toujours pas émergé de ce coma dans lequel elle est plongée depuis maintenant six mois. Son mari est désespéré.

« Elle semble si paisible, pense-t-il, je crois que c'est la première que je la vois aussi sereine. »

Il est vrai que, ces dernières heures, elle s'était beaucoup agitée. Les médecins n'avaient pas compris l'origine de cette excitation soudaine, mais avaient constaté une énorme activité cérébrale tout à fait anormale chez leur patiente. « Elle rêve… » avaient-ils simplement expliqué à Alexandre.

Tout à coup, lentement, faiblement, Léa saisit le vieux châle gris étendu sur son corps inactif depuis l'accident. Puis, assez vite, elle ouvre un œil et sourit à son mari. Il retient son souffle. Une terrible angoisse l'étreint. Et si elle avait perdu la mémoire ? Si elle avait oublié qui il était, lui, Alexandre ? Si à partir d'aujourd'hui il n'était plus qu'un étranger à ses yeux ? Il accroche son espoir à cet instant suspendu dans le temps.

« Bon Dieu, Léa, qu'est-ce que je suis heureux de te voir ! » dit-il doucement.

« Ah, tu es là ! Moi aussi, Alex, je suis heureuse ! » répondis-je dans un soupir.

Épuisée, je referme les yeux. Les médecins entrent à nouveau dans ma chambre, mais l'agitation semble beaucoup plus sereine cette fois.

Je suis enfin sortie du coma.

« Vous aviez raison, monsieur, votre femme est une fameuse battante !

– Merci de lui avoir fait confiance, docteur. Merci ! »

Pendant que tout le monde se réjouis, je la cherche des yeux. Elle n'est pas là. Je tourne la tête vers Alexandre.

« Mais où est passée Maman ?

– Léa, elle n'est pas ici, tu le sais bien… C'est impossible, tu n'as pas oublié ?

– Mais que dis-tu ?, elle était là, près de moi. Cela fait plusieurs jours qu'elle me tient la main. C'est même elle qui m'a donné son châle parce que j'avais froid !

– Non, Léa, me répondit doucement Alexandre en me prenant la main, le châle, c'est moi qui l'ai placé sur toi : il appartenait bien à ta mère, tu n'as jamais voulu t'en séparer. Souviens-toi, elle le portait... le jour où elle est partie. Alors, à bout d'espoir, je te l'ai rapporté, j'espérais qu'il te rappellerait la vie. Je savais que tu en aurais besoin. Allons, repose-toi, maintenant, je t'expliquerai plus tard, pour l'instant, il faut que tu te reposes.

– Alexandre, je veux la voir, elle était là, je t'assure ! Je ne comprends pas, je ne suis pas folle... Elle m'a même frictionné les jambes avec des huiles essentielles, je m'en souviens très bien !

– Léa, calme-toi mon amour, c'est moi qui t'ai massé pendant que tu étais dans le coma. Je t'en prie, repose-toi maintenant, tout va bien.

– Pas tant que tu ne m'auras pas dit où elle se trouve ! »

Je sens la panique me gagner, je hausse la voix autant que possible pour me faire entendre. Alexandre tourne la tête pour éviter mon regard.

« Léa, ta maman est morte le 9 février 1992, elle ne pouvait se trouver à ton chevet. »

Sans vraiment comprendre, je devine alors que ma mère m'a, tout au long de mon coma, donné la force de revenir à la vie. Notre rencontre n'a pas vraiment eu lieu, même si je lui ai parlé et que je l'ai, j'en suis convaincue, touchée. Je prends conscience que, grâce à cet étrange état, j'ai eu finalement l'opportunité de lui dire ce que je n'avais pu lui dire de son vivant. Cela me soulage de mes remords, je me sens apaisée. Tous ces non-dits, tous ces mots que je n'avais pu prononcer… Cette explication avec ma mère m'avait atrocement manqué : aujourd'hui l'erreur est réparée. Qui sait, de son côté, si ma mère a-t-elle enfin appris que j'ai trouvé le moyen de vivre avec cette cicatrice ?

Elle peut maintenant partir en paix.

Doriane

Quinze jours après l'enterrement de ma mère, je perdis mon emploi. Mon patron, pensant que je ne me remettrais jamais d'une telle épreuve sans perdre de mon efficacité, me licencia sur-le-champ. De fait, j'étais vide, telle une chanson sans paroles. Moi qui avais compté sur ce boulot pour relever la tête, c'était foutu. Pendant l'entretien, je serrai les dents et sortis de son bureau la tête haute et fière, persuadée qu'il faisait une erreur et que c'était un sale con.

En une seconde, lors du décès de maman, j'étais passée du sourire aux larmes : il me fallut plus de huit mois de deuil pour m'apaiser et accepter l'absence. Le temps qui passe, véritable ennemi de tous, devint en ces moments difficiles mon seul allié. Comme lors de mes nuits sans lune.

Les seuls revenus d'Adrien ne nous permettaient pas une vie aisée, il me fallait donc retrouver au plus vite un emploi stable. Nous craignions de retomber dans les bas-fonds de la vie, là où tout devient inaccessible et où seule la volonté de vouloir s'en sortir motive encore le sourire que vous adressez aux gens indifférents à votre misère.

De la même façon que j'avais isolé ma secrète douleur dans une chambre blindée de ma mémoire, je dus ignorer celle du deuil, la blottir au fond de moi et profiter à nouveau de ce que mon avenir m'offrait. Je n'avais pas le choix. Enfin libérée du chagrin qui m'avait paralysée plusieurs mois, je retrouvai un boulot intéressant dans une firme de distribution de produits chirurgicaux. Rapidement, je m'épanouis de nouveau professionnellement et dans le couple que nous formions avec Alexandre, parfaitement comblée par l'amour que je recevais de mes deux garçons. J'étais aussi très proche de mes sœurs dont je prenais grand soin.

J'avais trente-six ans et reprenais une fois encore goût à la vie. De cette allégresse naquit un besoin irraisonné de faire un nouvel enfant.

« Adrien, je demande le sexe ou pas ?

– Non, Dorane, gardons la surprise jusqu'au bout, je préfère.

– Ok, tu as raison, il ne reste que cinq mois à tenir après tout ! Mais il faut quand même que j'appelle l'hôpital : j'ai la trouille, tu imagines, si cet enfant n'est pas normal…

– Mais arrête, Dorane, c'est toujours pareil avec toi, tu envisages chaque fois le pire. Tout ira bien, je t'assure.

– Allo, je suis bien au laboratoire du CHU de Liège ?

– Oui, madame, à qui ai-je l'honneur ?

– Madame Fauchet, j'appelle pour obtenir les résultats d'une amniocentèse réalisée par le service de… »

Je n'eus pas le temps de terminer ma phrase.

« C'est une petite fille, madame Fauchet, en parfaite santé ; tout va bien, soyez rassurée.

– Une fille ! Merci ! Mon Dieu, merci ! »

L'émotion fut d'une violence indescriptible. Un coup de poing dans l'estomac n'aurait pas eu plus d'effet que cette boule d'allégresse qui comprima violemment mon sternum. Je m'effondrai sur le divan. Une fille ! J'avais à peine osé l'espérer. La douleur que ce bonheur-là produisit ne ressemblait à aucune autre. Je l'avais tellement désirée, tellement espérée. Et voilà que je touchais mon rêve du doigt. Quelques mois de patience et je pourrais la voir. Je ne peux m'empêcher de penser à ma mère. J'aurais tant voulu qu'elle soit là.

Belle comme un cœur, Clémence arriva le 4 mai. À l'oreille, je lui susurrai des mots tendres, probablement les mêmes que ma mère m'avait chuchotés quelques minutes après ma naissance. La symbiose fut totale, fusionnelle, exactement ce que j'avais rêvé lorsque, enfant, je songeais que plus tard, oui, bien plus tard, quand je serais grande, j'aurais, moi aussi, une fille. Adrien rayonnait de me voir si heureuse. Fier d'avoir répondu à mes attentes en m'offrant ma petite Clémence, aussi douce que le prénom qu'elle portait, il affichait une joie et une espèce de bonté sereine qui profita à toute la famille. Elle reconnaissait déjà dans le sourire de ses grands frères l'affection que tous deux lui prodigueraient. Il me semblait que cette part de moi, Dorane, avait définitivement trouvé le bonheur.

Ce ne fut que de courte durée.

Le 17 août 1996, le pays unifié par le malheur fut sous le choc. Il n'y avait plus de Wallons ni de Flamands, il n'y avait que des Belges malheureux. On venait de retrouver les corps sans vie de Julie et Mélissa, d'Ann et Eefje, de voir couler les larmes de Sabine et de Laetitia.

Nous découvrîmes les visages d'un monstre et de sa femme.

Les gens s'indignèrent, en parlèrent, en reparlèrent : j'avais mal.

Plus que jamais, ma mère, me manquait : son sourire, son amour sans limites, sans retour, sans aucun doute, me manquaient. Chaque soir, je continuais de prier ce Dieu auquel je ne croyais plus, mais qui m'apportait l'apaisement de ces autres peurs qui me restaient collées à la peau : peur de la maladie, pour les miens et moi-même, peur de perdre mon travail, peur de l'accident, peur de voir disparaître un être cher, peur que Mado ne souffre dans un espace perdu de l'univers. Je pensais à eux toujours en touchant du bois, cela me calmait et me permettait de m'endormir.

Les fantômes de Dorane avaient ressurgi des ténèbres.

Je n'avais, depuis, plus le droit de me plaindre, car, ce jour-là, je compris que la vie n'était rien d'autre que l'avenir dont nous disposions, parce que c'est là et seulement là que se cache l'espoir.

« Maman, tu avais raison, il y a toujours plus malheureux que soi… »

Je refusais de sombrer. Contrairement à mon père, je voulais construire avec Adrien un édifice solide où m'épanouir avec mes enfants, loin des horreurs du monde. Mon quarante-deuxième printemps arriva très vite et, au terme d'une grossesse un peu fatigante, naquit notre petite Mathilde. Au premier cri qu'elle poussa, une joie nouvelle m'envahit et me rassura instantanément sur le choix que nous avions fait, Alex et moi.

Nous l'embrassâmes avec une infinie tendresse, heureux et fiers de la famille que nous avions forgée, convaincus que désormais notre bonheur trouverait sa source, comme pour ses frères et sa sœur, dans le regard tendre des deux grands yeux qui lui mangeaient le visage.

Léa

Je sais que je ne pardonnerai jamais à mon père, mais je n'ai aucune envie de vengeance, j'ai juste envie de me laver de lui. La rancune ne mène nulle part, c'est un sentiment qui nourrit l'amertume, alors que, au contraire, pour profiter pleinement de la vie, il faut arriver à alléger le fardeau ; c'est indispensable.

Pourtant, je ressentais un sentiment de vide énorme. Un malaise palpable sur lequel je ne pouvais mettre de nom. C'était étrange, je ne souhaitais pas de vengeance, mais cet homme allait peut-être quitter cette vie sans avoir, ne fût-ce qu'une seule fois, manifesté le moindre regret, le moindre repentir. Il m'avait abîmée à jamais et n'allait même pas me demander pardon.

Cette idée commença par me faire mal. Elle finit par m'obséder. Il devait savoir, avant de partir, le mal qu'il m'avait fait.

Quelque temps après, une chance inopinée se présenta à moi. Une proposition de devenir directrice d'une société installée au Luxembourg me fut faite. J'étais abasourdie. Moi, la petite Hector à la tête d'une entreprise. C'était le monde à l'envers.

Comment parvenir à une telle ascension sans me demander pourquoi cela m'arrivait ? Depuis l'enfance, j'aspirais à une certaine reconnaissance, et voilà que, aujourd'hui, mes efforts étaient couronnés de succès. Comme si une force invisible me tirait vers l'avant, une chose qui porterait le nom de destin, malgré mes origines, malgré les accidents de la vie, malgré les contraintes et les imprévus, je devenais ce que les événements, en dépit de tout, en dépit de moi, avaient fait de moi : une gagnante. Je ne pouvais y croire.

Et pourtant.

Alors que rien en moi n'avait changé, les gens me regardèrent différemment ; je sentais que, au travers des sourires charmeurs qu'ils m'adressaient, ils étaient intrigués par cette ascension. Impressionnés peut-être. Je dois l'avouer, j'étais terriblement fière de moi. Mais me partager entre ma carrière et l'amour que je devais prodiguer à tous les miens relevait d'efforts acrobatiques. Parfois la pression était trop forte, alors je craquais.

C'était le cas ce jour-là : j'en avais marre.

Pour me détendre, je décidais d'assister au spectacle de Michel Fugain au Forum de Liège. Pendant le concert, je fis la connaissance d'un groupe de femmes extrêmement sympathiques qui me parlèrent de leur amour pour le chanteur et avec quel plaisir elles l'attendaient à la sortie des artistes. Étant donné qu'Alexandre n'avait pas désiré m'accompagner, j'étais libre de mes mouvements ; j'en fis de même, par curiosité. Dans la ruelle jouxtant la salle du Forum, dans le froid glacial de novembre, tandis que je patientais, je me mis à songer à la prestation de l'artiste : en repensant à l'histoire de sa vie ainsi racontée au travers de ses chansons, il me prit une envie soudaine et incoercible d'écrire la mienne.

J'avais enfin la solution au problème qui m'opposait à mon père : par un livre, j'allais lui faire connaître, avant sa mort, le mal qu'il m'avait fait, mais aussi lui laisser une chance de se repentir. Car restait tapie au fond de mon cœur une douleur sourde provoquée par son manque de regrets. Par un livre, j'allais aussi avoir l'occasion de dire à mes enfants qui j'étais réellement. Avec précaution, en choisissant mes mots dans le magma incandescent de mes souvenirs, j'allais leur parler de cette souffrance que la pudeur de mes sentiments leur avait tue, de cette partie secrète que mes blessures amputaient de leur douleur et qui faisaient de moi ce que j'étais, mais dont j'étais incapable de parler.

Il est parfois des mots qui vous sifflent aux oreilles, plus meurtriers que des balles de révolver. Ces mots qui portent en eux une souillure qui vous colle à l'âme et vous empêchent à tout jamais d'accepter votre image dans un miroir, ou dans un regard. Il fallait m'en débarrasser, à tout prix. Le risque de me vider de moi-même était grand, j'en convenais, mais il valait d'être pris, car je savais que c'était le moyen ultime de me laver définitivement de cette souillure, de la souillure de mon père.

À travers un livre, plus j'allais donner vie à mon personnage, plus j'allais moi-même prendre possession de la mienne. Car le moment était venu de la regarder en face, ma drôle de double vie.

Bien malgré moi, douloureusement, à l'âge de cinq ans, j'avais été l'objet de la folie de mon père ; par amour, à trente ans, j'avais joué le rôle de mère pour ma mère. Alors maintenant, à cinquante et un ans, je voulais être simplement moi, Doriane, avant d'être prise en charge comme une petite fille par mes enfants.

Ils commençaient déjà à se moquer de moi. Cela n'allait sans doute pas tarder. « T'es con m'man, de nos jours ce n'est plus comme ça ! » « Ça, tu nous l'as déjà dit maman, tu te répètes ! »

J'allais naître à l'heure où les premières rides apparaissaient sur mon visage. Il était temps !

Euphorique mais apaisée, je rentrai me réfugier dans les bras d'Alexandre qui m'attendait à la maison. Il ne perçut rien du petit changement qui venait d'opérer en moi. Je souris sous la couette avant de m'endormir : mon père, mes enfants, le monde entier allait enfin savoir.

Mais comment traduire cette pudeur derrière laquelle j'avais si longtemps caché ma peine et qui me faisait sourire alors que j'avais tant envie de hurler ? Lorsque le fardeau est si lourd, en écrire l'histoire est un acte de contrition qui vous brise les os et vous place sans pitié face à votre propre dignité. Car accoucher d'une telle hérédité ne peut se faire que dans la douleur de la honte qu'elle suscite, et parler de cette souillure qui vous colle à la peau en révèle forcément l'existence. Fouler cette loi du silence qui vous offrait cet isolement protecteur vous expose aux regards, au jugement, à la peur ou, pire, à l'indifférence des autres ; vous voilà tout à coup comme en danger. Si un sourire est un cadeau qui attend secrètement une réponse, qu'attendre après cela du sourire des autres ?

Cette question me hante. Pesante. Est-ce nécessaire ? Est-ce utile ? Dois-je le faire, ce fichu roman ? Moi qui ai sué sang et eau pour gagner cette identité à laquelle j'aspirais enfant, afin de mieux me fondre dans la masse et cacher ainsi ma honte, je me demande s'il fallait en arriver là pour me purifier.

Car, en dehors d'un grand vide et d'une nausée permanente, ne me restaient que ces souvenirs tachés. M'en délester va-t-il soulager mon existence de cette infection qui l'imprègne ou, au contraire, plonger dans l'abîme vertigineux de ma mémoire ravivera-t-il cette cicatrice qui s'estompe ?

La réponse s'inscrit là, évidente : dans cette irrépressible envie d'écrire, de révéler. Pour prévenir le mal, le conjurer, l'anéantir. Pour guérir, tout simplement.

Et puis il y a les autres. Les victimes ignorées, les enfants muselés par le silence. Anéantis, trahis. Détruits. Ceux qui passeront leur vie à essayer de comprendre. Comprendre pourquoi la pluie s'est mise à tomber un jour d'été sur leur jardin d'enfant, détruisant ainsi et à jamais leurs rêves et leur avenir.

Je veux croire en l'utilité de témoigner. Faut-il que vous sachiez, afin d'affûter votre vigilance, que le mal peut se cacher au fond d'un regard enjôleur, derrière un sourire attendri, prêt à s'emparer de l'innocence de vos enfants ?

Faut-il que vous sachiez, vous, violeurs d'enfants, comment vous les détruisez, comment vous les condamnez à vivre dans la peur ? Cette terrible peur qui imprègnera chacun de leurs gestes, empesant chacune de leurs décisions. Oui, cette crainte persistante qui, à leurs yeux, accordera au regard des autres le pouvoir de pénétrer leur corps jusqu'à déceler la détresse qui coule dans leurs veines. Parce que la honte viole toutes les limites de la volonté et s'impose, impitoyable, douloureuse, destructrice.

Le dilemme est insupportable, la question une cruelle torture, mais elle est obligatoire. N'étant pas seule concernée par cette révélation, d'avance je demande pardon à tous ceux qui vont en être éclaboussés et les implore de comprendre que je n'avais aucune chance d'éviter ce combat final. Car mon chemin fut tracé avant même ma naissance par cet homme qui me donna la vie et qui, un jour, me la reprit. Si chacun porte en soi la beauté de ses aïeux, il en porte également les crimes et la laideur. Il est donc impératif qu'aujourd'hui mon père reprenne sa place de bourreau et moi la mienne, enfin purgée de cette trop lourde hérédité.

Incapable d'affronter cette vérité, je m'étais accommodée du silence comme une plaie se suffit d'un baume apaisant. Cela fit probablement de nous des gens respectables, capables de retenue et de discrétion, capables de cacher leurs vices et leurs dérèglements pour sauvegarder les apparences. Mais à quel prix ?

Alors que j'avançais en âge et que les priorités de ma vie se mouvaient vers d'autres valeurs plus authentiques, ce fameux silence devint plus douloureux que le souvenir lui-même. En ce qui me concerne, si la parole est d'argent, le silence fut assassin.

J'ai cependant à remercier ce Dieu absent de n'avoir pas fait de moi cette bête fauve, vengeresse et violente, emplie de haine, qu'une telle enfance aurait pu faire naître ; ce qui me permit, me semble-t-il, d'écrire ma douleur sans obscénité ni rancœur.

Accoutumée à la souffrance, tout en moi s'était accommodé de cette blessure. Aujourd'hui, c'est le bonheur que j'ai le plus de mal à apprivoiser, car il me reste interdit. Il m'effraie parce que, contrairement à la souffrance, il ne dépend que de moi, et de moi seule.

Alexandre accueillit mon projet avec beaucoup de compréhension. Puis arriva le jour où il lut les premières pages. Ému, terriblement ému par ce qu'il venait de lire, il m'encouragea.

« Continue, Léa, il faut que tu mènes à bien ce projet, ton livre est très beau ! »

J'avais souffert, le temps de sa lecture, avec l'impression d'être sur une scène, me dévêtant petit à petit et me trouvant ensuite entièrement nue face à un public à l'affût de mes erreurs, de mes imperfections. Je sentais posé sur moi le regard de mon père, quand enfant il me reprochait, les yeux emplis de mépris, mes faiblesses et mes incompétences : « Tu es bête ou quoi, c'est pourtant facile ! »

Oui, papa, si on veut, c'est facile.

Marie

Dans la lueur de la nuit claire, le visage de Léa est serein. Marie sait que sa fille luttera, qu'elle gagnera la partie et qu'elle remportera ce bras de fer engagé avec son destin, qu'elle relèvera la tête et tournera le dos à cette souffrance. Elle renaîtra ainsi de ses propres cendres, plus forte, plus solide afin d'affronter son futur avec obstination et courage.

Sa mission est terminée : elle sait que, à présent, elle peut laisser sa fille à Alexandre. Qu'il prendra soin d'elle comme il l'a toujours fait jusqu'à cet accident.

Dans la chambre de Louis.

Louis referme le livre, qui glisse maintenant lentement le long de son lit et tombe sur le sol dans un petit bruit sec qui le fait sursauter. Une peur irrationnelle et incompréhensible l'empêche de respirer.

Madeleine dort paisiblement à ses côtés. Il la regarde, l'œil hagard, perdu dans les méandres de sa mémoire disparue. Maladroit, il tente de rassembler ses souvenirs, qui ne veulent pas s'organiser dans son cerveau malade. Il est absolument certain que sa fille fut la première nageuse du coin à monter sur un podium national, alors que cette jeune Doriane prétend, dans son autobiographie, avoir réalisé cet exploit en 1972. Elle ment, c'est évident ! Mais pourquoi ? Il veut comprendre. Il doit comprendre. Il éveille sa femme ; elle, forcément, doit savoir.

« Madeleine, réveille-toi ! Dis-moi, est-ce que Sandra ne fut pas la première nageuse locale à remporter un titre de championne de Belgique en natation ?

– Non, tu te trompes Louis, rappelle-toi : tout ça s'est passé avant le 12 février 1992, le jour de ton accident vasculaire cérébral, sur la place de l'église. C'est ce jour où on a enterré ta femme. Tu te souviens ? Depuis, tu confonds sans cesse ton passé avec le présent. Avant moi, tu as eu une autre vie, une autre famille. Vous avez eu huit enfants, toi et Marie. Ils ne veulent plus te voir, à cause d'elle. Tu sais bien, nous n'en parlons jamais pour éviter de te faire souffrir. Ils ont été tellement injustes envers toi ! C'est ta fille Léa, ta première fille, qui a remporté ce titre, pas Sandra. Ta fille Léa. Pourquoi me demandes-tu tout cela ? »

Sans écouter la réponse de son mari, dont elle ignore l'intense malaise, elle se retourne et se rendort aussitôt. Tout est maintenant très clair pour Louis. Le visage de la jeune femme qui avait hanté sa mémoire était celui de Marie, sa première épouse. Léa, derrière un pseudonyme, a écrit son histoire. Afin qu'il sache, pour qu'il n'oublie jamais.

Soudain, une peur irrépressible le gagne. Il se souvient. Son passé le foudroie. À l'hiver de sa vie, à l'heure où l'on fait le bilan, le voilà seul face à ce qu'il est vraiment. Le voilà aspiré par l'atroce vérité, cette impitoyable vérité qui résiste au temps, au mensonge et à la négation.

Réfugié dans cette amnésie confortable depuis quinze ans, il s'était protégé des regards juges et accusateurs. Protégé de la honte. Exilé par les siens qui ne trouvèrent jamais le moyen de lui pardonner, il s'était construit une autre vie, une nouvelle vie. Il avait dissimulé dans cette fuite vers l'oubli tous ses souvenirs afin de reconstruire autour de Madeleine et de sa fille Sandra un cocon dans lequel il avait vécu à l'abri de ceux qui savaient, dans l'impunité la plus totale, niant, sans s'en soucier le moins du monde, le mal qu'il avait fait à sa propre fille. Il était parti et, tournant le dos à ce passé-là, avait enfoui le souvenir de ses crimes afin qu'il ne l'éclaboussât jamais. Tout à coup, il se lève avec peine, gagne les toilettes et, à genoux sur le sol, collé à la faïence froide de la cuvette, il vomit sa honte.

Il descend ensuite au salon, allume un feu dans la cheminée et dépose entre les flammes le livre et son ruban rouge de papier glacé.

Assis dans son vieux fauteuil défoncé par le temps, il regarde disparaître son passé, celui de Léa et des siens, qui, pourtant réduit en cendres, ne s'effacera plus jamais.

À cet instant, il l'ignore encore, mais il vient de commencer à mourir.

« Tu vois, papa, c'est facile ! »

Léa

Le 23 décembre 2008.

Aujourd'hui, nous enterrons Bobonne. Un vrai temps de tristesse. Il pleut sur notre chagrin, mais les parapluies n'arrêtent pas les gouttes. Elles coulent doucement sur nos visages. Elle a quitté sa longue vie entourée de tous ceux qu'elle aimait à l'âge miraculeux de quatre-vingt-dix-huit ans. Parce qu'elle était foncièrement bonne, elle était devenue la coqueluche du deuxième étage du service gériatrique dans lequel elle séjournait. À l'image de ce qu'elle fit toute sa vie, elle vécut ses dernières années dans l'attente de nos visites.

La douleur est insupportable parce que je l'avais imaginée immortelle. Plusieurs fois nous avions craint pour sa vie, mais elle avait su déjouer ses mauvais tours. Son cœur énorme, inusable, n'avait pas voulu cesser de se battre. Pour nous, disait-elle !

Tandis qu'elle souffrait, Delphine lui avait pris la main, et dans le creux de l'oreille lui avait dit de partir en paix, qu'elle avait droit au repos et que sa fille l'attendait là-haut, au firmament des étoiles. Alors, Bobonne avait poussé son dernier soupir et puis, lentement, avait lâché la main de ma petite sœur.

L'église est pleine de monde. Nos enfants pleurent leur arrière-grand-mère adorée, nous pleurons notre grand-mère adorée, Tati pleure sa mère adorée. Une longue vie emplie d'amour vient de jouer sa dernière sonate, au clair de lune cette fois, qui raisonne comme un chant radieux dans nos cœurs tristes.

Je n'ignore pas que le prix à payer pour le bonheur est cette peur de le perdre, car rien n'a plus de valeur que ce que l'on craint de voir disparaître. Je repense naturellement à mon enfance, lorsque ma mère me guérissait par un simple sourire.

« Je t'aime maman, attrape ma main, fais-moi danser, éloigne de moi cette peur qui me fait si mal !… Regarde, je la vois qui s'échappe des plis légers de ma robe et se fracasse sur le sol où nous tournons. Tu es si belle, maman, et moi si seule sans toi. Et même si je crois avec force en l'inexistence de Dieu, parce qu'il est le seul à qui je puisse confier vos âmes, j'espère sincèrement qu'il illuminera à jamais votre nuit éternelle, à toi et à Bobonne. »

Dans cette salle où nous recevons amis et famille ayant assisté à l'enterrement, je pose sur mon petit monde un regard comblé d'un ravissement sans nom et, malgré le chagrin, je sens une vague de bonheur exploser dans ma poitrine.

Entre les moments de doute, de douleur, de peur, d'espoir ou de désespoir, ma vie est emplie de rires, de plaisir, d'amour et de joie. Et la seule chose qu'aujourd'hui je sache avec certitude, pour les avoir si intimement liés l'un à l'autre, est que, quels que soient nos destins à Alexandre et à moi, le moins heureux de nous deux sera celui qui survivra à l'autre. Et je veux croire que c'est ça, le bonheur.

Remerciements

Pour leur patience, leur soutien et leur amour, j'embrasse tendrement mon mari, mes enfants, mes frères et sœurs.

Pour leurs encouragements, leur amitié et leur soutien, à tous les lecteurs des premières heures – car ils m'ont autorisée à croire en moi –, j'adresse un immense merci. Je pense à ma belle-fille Anne-Françoise, Cécil, Robert, Carine, Serge et tous ceux que je ne peux citer tant ils sont nombreux, mais dont l'avis a cependant beaucoup compté pour moi.

Pour son aide précieuse, je fais un petit sourire à Chloé Haesbroeck.

Pour leur enthousiasme et leurs nombreux commentaires, je remercie les 15 000 lecteurs d'Amazon, qui ont fait de ce livre un succès inattendu.

Pour la confiance qu'elle me témoigne et son aide précieuse, je remercie affectueusement Alexandrine, mon éditrice, grâce à qui ce projet est enfin devenu réalité.

Et je vous remercie, vous qui avez pris le temps de me lire et de partager avec moi l'histoire de Doriane.

Composition et mise en pages
Nord Compo à Villeneuve-d'Ascq

PAPIER À BASE DE
FIBRES CERTIFIÉES

MAZARINE s'engage pour l'environnement en réduisant l'empreinte carbone de ses livres. Celle de cet exemplaire est de :
0,650 kg éq. CO_2
Rendez-vous sur
www.mazarine-durable.fr

81.7462.1/01
Dépôt légal : mai 2016
Imprimé en Espagne par Industria Gráfica Cayfosa